Bianca D

SUSÚRRAME AL OÍDO
LUCY ELLIS

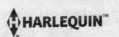

HARLEQUIN™

Editado por Harlequin Ibérica.
Una división de HarperCollins Ibérica, S.A.
Núñez de Balboa, 56
28001 Madrid

I.S.B.N.: 978-84-9188-371-5
Depósito legal: M-22093-2018
Impresión en CPI (Barcelona)
Fecha impresion para Argentina: 18.3.19
Distribuidor exclusivo para España: LOGISTA
Distribuidor para México: Distibuidora Intermex, S.A. de C.V.
Distribuidores para Argentina: Interior, DGP, S.A. Alvarado 2118.
Cap. Fed./Buenos Aires y Gran Buenos Aires, VACCARO HNOS.

Capítulo 1

EL ABUELO de Nik Voronov lo saludó con una inesperada noticia.

—Te he encontrado una chica. Es de aquí, así que tendrás que venir.

Nik sospechaba que las palabras clave eran *Tendrás que venir.*

Aquellas palabras sacudieron su conciencia. Hacía diez años, cuando fundó su empresa, no se había propuesto trabajar doce horas durante los siete días de la semana, pero así era. Tenía el mundo a sus pies y, últimamente, a su abuelo en la conciencia y encontrar el equilibrio entre las dos cosas le estaba empezando a resultar muy difícil.

Nik bajó la cabeza cuando una ráfaga de viento le golpeó al acercarse al complejo de edificios en el que tenía su despacho.

A su alrededor estaba el solar en el que Voroncor, su empresa, estaba realizando prospecciones para extraer los depósitos de kimberlita del rico suelo siberiano. Se trabajaba a lo largo de todo el año y, como era enero, todo estaba blanco excepto en los lugares en los que asomaba la tierra.

—¿De verdad, *Deda*?

—Se llama Sybella y tiene todo lo que un hombre pudiera desear. Sabe cocinar y limpiar y se le dan muy bien los niños.

El triunvirato de cualidades que garantizaban todo

lo que un hombre pudiera desear, según su abuelo de setenta y cinco años.

Nik sabía que podría recordarle a su abuelo que tenía chef propio, servicio de limpieza en las cuatro residencias que tenía repartidas por todo el mundo y ningún niño a su cargo. Además, ninguna mujer del siglo XXI podría considerar que la cocina, la limpieza y la crianza de los niños serían responsabilidad exclusiva de ella.

Sin embargo, no iba a desperdiciar saliva y no se trataba de eso.

Con mucho tacto, decidió apartar a su abuelo del tema de su vida personal, en la que se había empezado a interesar coincidiendo con la muerte de su esposa, la adorada abuela de Nik.

—Te aseguro que, si conozco a la mujer adecuada, tú serás el primero en saberlo, *Deda*.

—Te he visto en Internet con esa modelo –replicó su abuelo con desprecio.

¿Internet había dicho? La última vez que habló con su abuelo, el anciano estaba utilizando la tableta que le había regalado como bandeja. Sin embargo, sabía muy bien a quién se refería.

Voroncor Holdings, la empresa hermana de Voroncor, había adquirido una pequeña empresa minorista que incluía algunas firmas importantes, como la de diseños de moda que era propiedad de la actriz, modelo e *it girl* española Marla Méndez.

Marla le había perseguido por todo el mundo buscando que invirtiera en su proyecto de lencería. Aquel no era precisamente su campo, pero la razón que Nik tenía para invertir su dinero era personal y no tenía nada que ver con la señorita Méndez. Unas cuantas fotos de ellos dos juntos que aparecieron en la prensa sensacionalista habían bastado para que se pensara que los dos eran pareja. Nik no veía razón alguna para decirle la verdad a su abuelo.

–Esa mujer no es buena para ti, Nikolka. Me parece que es muy dura. No se le darían bien los niños. Sybella trabaja con niños –añadió el anciano–. Creo que deberías venir a ver su trabajo. Te sentirías muy impresionado, *moy mal'chik*.

Se produjo una larga pausa mientras Nik avanzaba por el pasillo y entraba en su despacho tras indicarle a una de sus asistentes que le llevara un café.

–¿Me has oído, Nikolka?

–Sí, *Deda*. ¿Cómo la has conocido?

Nik comenzó a quitarse los guantes mientras miraba la información que otra de sus asistentes le mostraba en la pantalla de su ordenador.

–Vive cerca de Edbury Hall, en el pueblo. Creo que es una de tus inquilinas.

Cuando Nik compró Edbury Hall hacía unos años, lo había sobrevolado en helicóptero. El pueblo era simplemente un pequeño grupo de tejados rojizos engullidos por el bosque cercano. La compra había sido una buena inversión y, en aquellos momentos, su abuelo vivía allí mientras estaba en el Reino Unido, sometiéndose a pruebas y tratándose de los diversos síntomas que le causaba su diabetes.

Nik no les había prestado demasiada atención a las calles, ni al pueblo ni siquiera al hecho de que tenía inquilinos. Sus administradores se ocupaban de eso.

–¿Y qué haces tú relacionándote con los inquilinos, *Deda*? No es tu problema. Se supone que deberías estar relajándote.

–Sybella viene a la casa a hacerme compañía y a ayudarme con mis asuntos.

–Tienes empleados para eso.

–Prefiero a Sybella. Ella es de verdad.

–Parece estupenda –dijo Nik suavemente, mientras se decía que debía recordar preguntar al personal de la casa. No quería que nadie se aprovechara de la buena naturaleza de su abuelo.

–Tenemos un autocar lleno de niños que viene una vez al mes desde todo el país. A veces vienen más de treinta y Sybella es imperturbable...

–Me alegro de que sea así... –dijo Nik. Entonces, levantó la cabeza–. ¿Autocares has dicho? ¿De qué? Espera un momento, *Deda*... ¿De dónde estamos hablando?

–Del Hall. Los niños que vienen a ver la casa.

A Nik dejó de parecerle divertido lo que estaba escuchando.

–¿Y por qué van autocares llenos de niños a ver la casa?

–El Heritage Trust organiza las visitas –dijo el anciano alegremente.

Heritage Trust. El grupo local de conservación de edificios históricos, que se había encargado de mostrar el Hall al público desde los años setenta.

Cuando Nik lo compró hacía un año, cesó toda actividad comercial en el Hall. Tuvo un piquete de protesta en la entrada durante una semana hasta que llamó a la policía.

–Esto no fue lo que acordamos, *Deda*.

–Sé lo que estás a punto de decir –replicó el anciano–, pero he cambiado de opinión. Además, aún no se ha tomado la decisión definitiva.

–No. Hablamos al respecto cuando te mudaste allí y decidimos que el asunto quedaría en mis manos.

–Y ahora está en las de Sybella –comentó muy orgulloso su abuelo.

Sybella.

Sin poder evitarlo, Nik se imaginó a una de las mujeres entradas en años que se habían apostado a la entrada del Hall como protesta, vestidas con un chaquetón de su esposo, botas de goma, fea como el pecado, gritando sin parar sobre el patrimonio británico y enseñando la casa de su abuelo a un montón de mocosos tan irritantes como ella. Eso si, además, no estaba husmeando en los papeles de su abuelo y vaciándole su cuenta corriente.

Aquello no era precisamente lo que había esperado escuchar. Tenía una nueva prospección que iba a empezar pronto en Archangelsk, lo que le mantendría en el norte durante gran parte del año. El negocio se estaba expandiendo y necesitaba estar pendiente.

Sin embargo, acababa de surgirle un nuevo problema en los Cotswolds ingleses, un problema que tal vez llevaba ignorando demasiado tiempo. No tenía tiempo para aquello, pero sabía que iba a tener que resolverlo.

−¿Y qué tiene que ver esa Sybella con el Heritage Trust cuando no está cocinando, limpiando y cuidando niños?

Su abuelo soltó una carcajada y le dio el golpe de gracia.

−Es la directora.

Capítulo 2

LA PRESIDENTA del Heritage Trust local se quitó las gafas y anunció con cierta pesadumbre a los miembros del comité allí reunidos que se había presentado aquella misma mañana un documento en la sede del Trust en Londres por el que se suspendía toda actividad de la organización en Edbury Hall.

–¿Significa que no podemos arreglar la caseta del guardés para que sea recepción de los visitantes? –quiso saber la señora Merryweather–. Porque Sybella dijo que podríamos.

Una docena de cabezas grisáceas se volvieron hacia Sybella. Inconscientemente, ella se hundió un poco más en la silla porque, efectivamente, les había mostrado una carta el mes anterior y les había asegurado que tenían derecho a hacerlo.

Sin embargo, no era propio de ella esquivar sus responsabilidades.

–No entiendo cómo ha ocurrido esto –dijo. Se sentía culpable y responsable de la confusión que se había apoderado de la sala–. Lo investigaré y lo solucionaré. Lo prometo.

El señor Williams, contable ya jubilado, le golpeó suavemente el brazo.

–Estamos seguros de que lo harás, Sybella. Confiamos en tu buen juicio. No nos has hecho creer nunca algo que no fuera cierto.

Todos murmuraron dándole su apoyo a las palabras

del señor Williams. Sybella se sintió peor aún por ello. Recogió sus notas y se marchó antes de que terminara la reunión.

Había estado trabajando durante doce largos meses para convertir Edbury Hall en un centro lleno de vida y actividad para su nuevo dueño, el señor Voronov, y conseguir que siguiera siendo patrimonio del pueblo. A pesar de que la casa le recordaba a un escenario de una película de terror con Christopher Lee de protagonista, el Hall había atraído muchos turistas a la zona y había conseguido ingresos para las tiendas del pueblo. Todo el mundo se vería afectado si la situación cambiaba. Y ella sería la responsable.

Mientras se disponía a marcharse a su casa, Sybella se sacó el teléfono del bolsillo trasero de los vaqueros y llamó a su cuñada.

Meg vivía en Oxford, donde daba clases de arte a personas sin ninguna aptitud para la pintura y bailaba danza del vientre en un restaurante egipcio. A la menor oportunidad, se marchaba en uno de sus viajes. La vida de Meg era posiblemente la que a Sybella le habría gustado tener si el destino no le hubiera marcado otro camino, con mucha más responsabilidad y menos libertad de acción. Sybella consideraba a Meg su mejor amiga.

–Son las cartas. Tendría que habérmelo imaginado –protestó después de contarle brevemente lo ocurrido aquella noche–. Ya nadie escribe cartas.

–A menos que seas un solitario anciano que vive solo en una enorme casa que trata de llenar de gente –dijo Meg.

Sybella suspiró. Cada vez que ocurría algo en el Hall, el señor Voronov le daba el mismo consejo. «Escribe a mi nieto y díselo. Estoy seguro de que no habrá ningún problema».

Y eso había hecho. Le había estado escribiendo to-

dos los meses desde hacía un año detallándole todo lo
que ocurría en Edbury Hall porque era demasiado tímida para hablar con él por teléfono.

Había permitido que su timidez volviera a ponerle
la zancadilla y sospechaba que se encontraba frente a la
punta de un iceberg que no iba a tardar en hundir su
pequeño barco.

–¡Mi barco, Meg! ¡El pequeño barco de necios del
que soy capitana!

Meg guardó silencio unos momentos. Sybella sabía
muy bien lo que se le venía encima.

–¿Sabes a qué se debe esto? A esa vida tan rara que
llevas en ese pueblo.

–Por favor, Meg, ahora no...

Llevaba puesta su ropa de esquí, que se suponía
que podía mantenerla caliente y seca en el Ártico. No
resultaba particularmente halagadora para la figura de
una mujer y también inhibía el movimiento natural.
Sybella era consciente de que, en aquellos momentos,
parecía un yeti.

Meg insistió.

–No haces más que estar con esos viejos...

–Ya sabes por qué trabajo de voluntaria para el Heritage Trust. Al final terminaré por conseguir un trabajo.

Sybella salió por fin de la casa, cruzó el patio y desapareció a través de un hueco en el seto que bajaba por
la colina hasta llegar a lo alto de su calle.

–¿De verdad? Llevas más de un año trabajando para
ellos sin cobrar nada. ¿Cuándo te va a llegar la recom-
pensa?

–Me sirve de experiencia de trabajo. ¿Acaso no sabes
lo difícil que es conseguir un trabajo con solo el título?

–No sé por qué no te vienes a Oxford conmigo. Aquí
encontrarías montones de oportunidades.

–Tus padres están aquí –dijo ella firmemente. Siempre lo era con el bienestar de su hija–. Y no voy a sacar a Fleur de su casa.

–Oxford está solo a dos horas en coche. Pueden verla los fines de semana.

–¿Y quién va a cuidar de ella mientras yo esté en el trabajo? Piensa, en el lado práctico de todo esto, Meg.

–Tienes razón –admitió Meg–, pero has invertido mucho en esa casa de los horrores.

–Sí, porque tengo una hija que tiene raíces en este pueblo, un pueblo en el que no tengo más oportunidades de trabajo. He probado con Stansfield Castle, Belfort Castle y Lark House. A ninguno les interesa una persona con mucha preparación, pero sin experiencia práctica. Sin Edbury Hall, no tengo nada, Meg.

–Por eso, mientras tanto, le escribes cartas a un hombre al que nunca vas a conocer. ¿Debería preguntarte sobre tu vida amorosa?

–¿Qué tiene que ver mi vida amorosa con las cartas?

–Creo que, si tuvieras novio, no tendrías tanto tiempo para escribir cartas y pegar sellos. Serías como el resto de los mortales y utilizarías el correo electrónico.

–No se trata de tener tiempo de sobra, sino de hacer el esfuerzo. Además, claro que utilizo el correo electrónico. Y no estoy buscando una relación romántica, Meg Parminter.

–Pues no sé por qué no. Hace ya seis años que mi hermano se fue. No puedes seguir escondiéndote con esos viejos, Syb. *Carpe diem*. ¡Aprovecha el día!

Dado que sus días eran bastante largos, con su trabajo a tiempo parcial en el archivo del Ayuntamiento, su trabajo como voluntaria con el Heritage Trust y la responsabilidad en solitario de su hija de cinco años, a la que se le educaba en casa, Sybella no estaba segura de qué parte del día no estaba aprovechando.

Además, la idea de desnudarse delante de un hombre

después de seis años de no tener que soportar aquella humillación delante de Simon no le resultaba demasiado atractiva.

–¿Sabes esa película que te encanta *El fantasma y la señora Muir*? –le preguntó Meg–. ¿Recuerdas el final, cuando la hija regresa a casa ya convertida en una mujer con su prometido? Un día le ocurrirá a Fleur y se sentirá culpable por tener una vida cuando su madre no la tiene.

–Claro que tendré una vida –replicó Sybella. Al menos de eso sí estaba segura–. Tendré una brillante carrera como encargada de un museo y habré conseguido la ambición de mi vida. Muchas gracias.

–Bueno, tal vez esa analogía no funcione en el siglo XXI –admitió Meg de mala gana–. Pero, ¿de verdad vas a esperar otros veinte años antes de quitar la señal de «Prohibido el paso» de tu cama?

Sybella abrió la pesada puerta y salió al exterior. Soltó el aliento y vio cómo tomaba forma por el frío.

–No es una prioridad para mí, Meg.

–¡Pues debería serlo!

Sybella miró a su alrededor para asegurarse de que nadie estaba escuchando.

–Mira, no quiero discutir mi vida sexual, o la falta de ella. Simplemente no me interesa –dijo con firmeza–. Ya lo he dicho. NO ME INTERESA EL SEXO. Sin embargo, sí que me interesa lo que vaya a decir el nieto del señor Voronov cuando nos demande.

En ese momento, se percató de que un coche muy lujoso subía por la calle, seguido de dos más.

El señor Voronov no había mencionado que fuera a tener invitados. Sybella conocía bien sus costumbres, dado que lo ayudaba con algunos asuntos que él se negaba a confiar a la asistente personal que su nieto le había asignado.

Le dijo a Meg que la llamaría al día siguiente y se

guardó el teléfono. Se colocó la bufanda sobre la barbilla para repeler el frío y se acercó a los vehículos para ver qué era lo que deseaban.

Nik aparcó en el patio y, tras cerrar la puerta, se dirigió al maletero para sacar su bolsa de viaje. Nunca había visto el paisaje desde aquel punto de vista. Cuando atravesó el pueblo, se había sentido como si hubiera entrado en los decorados de una película sobre una novela de Agatha Christie.

Se giró para observar los imponentes muros de Edbury Hall, con sus ventanas de celosía y su piedra gris. La nieve había convertido en moles blancas los arbustos y los setos. Ciertamente, era una imagen de la típica Inglaterra de antaño. No era de extrañar que los tarados del Heritage Trust bombardearan sus oficinas de Londres cada vez que se subía o se bajaba algo dentro de la finca.

Sintió que alguien se acercaba a él por la espalda. Estupendo. Al menos alguien estaba haciendo su trabajo.

–Tenga –dijo mientras le lanzaba la bolsa de viaje hacia la figura que se le había colocado justo detrás. Entonces, cerró el maletero y el vehículo.

Se dio la vuelta y vio que la persona que había ido a su encuentro se estaba tambaleando con el peso de la bolsa de viaje. La persona en cuestión no tardó en caerse de espaldas sobre la nieve.

Nik esperó y vio que no se levantaba. Se limitaba a extender una mano enguantada y a hacer un ruido que parecía más propio de un gatito que se estuviera ahogando en un barril. A Nik le gustaban los animales, pero no la incompetencia de las personas.

Fue entonces cuando notó la bufanda que le cubría el rostro bajo la capucha del abrigo. Aquello le intranquilizó. En Rusia, la seguridad personal era en ocasiones una cuestión de vida o muerte. Su instinto le decía que aquella persona no era una de las que él había autorizado para que trabajaran para su abuelo.

Lo agarró por el abrigo y lo levantó.

Sybella trató de protestar, pero no pudo encontrar la voz. Sintió cómo aquel hombre la levantaba por el cuello del abrigo y la dejaba casi con los pies en el aire. Las costuras de la parca le hacían daño por debajo de las axilas mientras que las puntas de las botas que se acababa de comprar apenas si rozaban el suelo.

—Deme su nombre y la razón que tiene para estar aquí.

Aquel hombre tenía una profunda voz, que se correspondía perfectamente con su tamaño. El acento ruso significaba que, probablemente, tenía algo que ver con el dueño de la finca. Dado su tamaño y su fuerza seguramente se trataba de un guardaespaldas.

—*Imya* –rugió cuando ella no respondió.

—Ha habido un error –susurró ella, a través de la fina barrera de lana que le cubría la boca.

—¿Qué es usted, periodista, participa en una protesta? ¿Qué? –le preguntó, zarandeándola–. Estoy perdiendo la paciencia.

—Haga el favor de ponerme en el suelo –suplicó ella–. No comprendo qué es lo que está ocurriendo.

Nik no pudo entender muy bien lo que había dicho a causa del viento y de la bufanda que le tapaba la boca, pero la dejó en el suelo de todos modos. Antes de que ella pudiera reaccionar, le quitó la capucha y le bajó la bufanda. El gesto dejó al descubierto los rubios rizos, que empezaron a acariciarle suavemente el rostro por el fiero y gélido viento.

—Es usted una mujer –dijo como si aquello fuera imposible.

Sybella se apartó el cabello del rostro. Por fin había comprendido y eso la ayudó a encontrar la voz.

–¡Lo era la última vez que me miré en el espejo!

–¿Le he hecho daño? –le preguntó.

–No, no... –dijo ella. Sí que la había asustado, pero no iba a admitirlo dado que no le había ocurrido nada.

Entonces, sin poder evitarlo, se lo quedó mirando muy fijamente. No se veían hombres así todos los días en Edbury Hall.

Era mucho más alto que ella. Tenía los ojos grises, ligeramente rasgados, espesas pestañas doradas, altas mejillas y una fuerte mandíbula cubierta de una barba dorada. Era muy guapo. Tenía la boca amplia y firme y Sybella no podía apartar la atención de aquel rasgo.

–¿Qué está usted haciendo aquí? –le preguntó él.

Sybella le podría haber hecho la misma pregunta. Para tratar de recuperar la compostura, se puso a inspeccionar el abrigo. Parecía estar intacto. Aparentemente, la tela podía soportar aquella clase de maltrato, pero no contener el agua. Sybella estaba completamente empapada. Y muerta de frío.

–Le he hecho una pregunta –insistió el.

–Me estoy ocupando de mis asuntos –dijo ella mientras se sacudía la nieve para ocultar lo mucho que le estaban temblando las manos–. Tal vez debería ser yo quien le pregunte a usted qué es lo que está haciendo aquí –replicó.

–Soy el dueño de esta casa

–Eso no es cierto. El dueño es el señor Voronov.

–Yo soy Voronov –dijo él–. Nikolai Aleksandrovich Voronov. Usted está hablando de mi abuelo.

Sybella sintió que se le doblaban las rodillas y que escuchaba un zumbido en los oídos. Él entornó la mirada y Sybella se sintió como si la hubieran vuelto a hacer caer sobre la nieve. Se había equivocado por completo.

Él la miró de arriba abajo.

–¿Y qué ha dicho usted que estaba haciendo aquí?

Capítulo 3

LO QUE estaba era en un buen lío.

–Le he hecho una pregunta –insistió él.

Sybella dedujo que, por el modo en el que la miraba, con los brazos entrecruzados y con aspecto furioso como un dios nórdico, efectivamente esperaba una respuesta.

–Hable –le ordenó.

Sybella se sobresaltó, pero su preparación como monitora de grupos de niños le indicaba que tenía que controlarse y establecer reglas para que el caos no se apoderara de la situación.

–Creo que tiene que calmarse –dijo con voz temblorosa. El corazón le latía con tanta fuerza que le vendría bien aplicarse su propio consuelo.

Él sacó el teléfono.

–¿Qué está haciendo?

–Voy a llamar a la policía.

Sybella no se paró a pensar y trató de arrebatarle el teléfono. No fue una reacción muy adecuada, pero sabía que en cuanto estuviera implicada la policía, la noticia correría por el pueblo como si se tratara de un reguero de pólvora. Sus suegros ya pensaban de ella que no llevaba una vida muy adecuada. Aquella sería una razón más para que Fleur y ella se marcharan a vivir con ellos a su casa.

Voronov mantuvo el teléfono alejado de Sybella, lo que le resultó fácil dado que parecía un dios recién bajado de Asgard. A Sybella no le habría sorprendido que resonaran los truenos o algo parecido. Desgraciadamente, él la miraba como si fuera un cachorrito que hubiera decidido abalanzarse sobre él con las patas llenas de barro. Resultaba frustrante.

—Por favor —dijo ella—. Esto no es más que una equivocación.

—*Nyet*. Esto es una intrusión en una propiedad privada. Quiero que se vaya.

Sybella sacudió la cabeza con incredulidad.

—¿Va a permitirme que me explique?

—*Nyet*.

Sybella se acercó a él y le colocó la mano sobre el antebrazo.

—Por favor, tiene que escucharme. No he entrado ilegalmente —afirmó ella—. Nunca en toda mi vida he entrado ilegalmente en una propiedad de otra persona.

Justo en aquel momento, los miembros del comité del Heritage Trust aparecieron en la entrada lateral de Edbury Hall, murmurando como un enjambre de avispas. El corazón de Sybella comenzó a latir tan fuerte que pensó que iba a desmayarse.

—¿Quién demonios son ellos? —preguntó Voronov.

—El comité del Heritage Trust —contestó ella. ¡Aquello era un desastre! Tenía que advertirles.

Se dio la vuelta rápidamente y no se dio cuenta de que la bolsa de viaje estaba a sus pies hasta que el pie se le enganchó en ella y, por segunda vez aquella noche, se encontró tumbada sobre la nieve.

Unas fuertes manos la agarraron por la cintura y la levantaron, poniéndola en contacto en aquella ocasión con el fuerte cuerpo de Voronov. Instintivamente, le rodeó el cuello con los brazos. Error. Una fuerte sensación le recorrió el cuerpo como si fuera una descarga eléctrica y fue a concentrársele directamente entre las piernas.

El pánico se apoderó de ella. Trató de apartarse, pero él se lo impidió.

–Deje de moverse –le ordenó con voz ronca. Ella se detuvo, principalmente porque tenía el rostro peligrosamente ceca del de él y, una parte de su ser, encontraba aquel contacto físico bastante excitante.

–¿Puede usted... soltarme?

Sybella le estaba hablando al cuello de Voronov porque, aparentemente, él había pensado que era mucho mejor estrecharla contra su cuerpo.

Mala idea. Incluso con las capas de tela que había entre ellos, hacía tanto tiempo que Sybella no había tenido contacto con un hombre que se sintió como si hubiera aterrizado en el planeta Marte y hubiera descubierto que la gravedad no era lo suficiente fuerte como para pegarla a la tierra. Lo peor era que él olía muy bien, de una manera muy masculina que había olvidado y todo eso, combinado con la solidez de su cuerpo, hacía que Sybella estuviera empezando a disfrutar del contacto.

¿Que no estaba interesada en el sexo? Evidentemente, había enviado un mensaje al universo y los pícaros dioses le habían enviado a uno de ellos para dejarla por mentirosa.

–Por favor –suplicó.

Giró el rostro para mirarlo a los ojos, lo que fue un error. Él le devolvió la mirada y los dos estaban demasiado cerca. Sybella pudo comprobar lo espesas que eran aquellas doradas pestañas. Los ojos tenían todos los colores de la aurora boreal en ellos, tal y como Sybella había visto en un documental sobre el Ártico. Tan solo un instante antes habría jurado que eran de un gélido color gris.

Sintió que la respiración se le cortaba y que todo parecía centrarse en aquellos maravillosos ojos. Entonces, él se puso a mirarle los labios. Parecía que iba a besarla... ¿O acaso tan solo se lo había parecido a ella?

El pánico se renovó dentro de su ser y trató de zafarse.

—¡Por favor, suélteme antes de que todo esto se nos escape de las manos!

Por el contrario, Nik estaba completamente seguro de que lo tenía todo bajo control.

Se enfrentaría a todas aquellas personas que se le estaban acercando y luego descubriría por qué no parecía haber Seguridad alguna en la casa de su abuelo.

Primero, tenía que ocuparse de lo que tenía entre sus brazos, aunque el problema era que no estaba seguro de qué se trataba. Tenía un rostro muy expresivo, con ojos que parecían estar buscando los de él y una sensual boca que hacía que un hombre tuviera pensamientos muy creativos. También olía a flores, lo que le distraía. La dejó sobre la nieve.

—No se mueva.

Se dirigió al todoterreno y encendió los faros del coche, iluminando a una docena de intrusos como si se tratara del foco de un escenario.

—Me llamo Nikolai Alexandrovich Voronov —dijo con voz profunda—. Si no se marchan de esta finca en los próximos dos minutos, haré que los detengan a todos por intrusión en una propiedad privada

No se esperó a ver lo que hacían. Sabía que se marcharían corriendo. Entonces, recogió su bolsa de viaje y miró a la mujer. Ya no era la sensual sirena que le había parecido en la oscuridad, si no que había vuelto a ser el abominable hombre de las nieves.

—Se puede marchar con sus amigos —le dijo antes de darle la espalda.

Empezó a nevar mientras que Nik se acercaba a la casa. Utilizó la entrada lateral, iluminada por lámparas que relucían a través de la tormenta como una imagen sacada de *El león, la bruja y el ropero*, un libro que su abuelo, gran admirador de la cultura anglosajona, le había regalado cuando solo era un niño. No era de extrañar que al anciano le encantara aquella casa. Para Nik solo era una inversión, y, en aquellos momentos, una pesada puerta de roble que debía empujar con el hombro.

Era consciente de que le seguían, dado que así se lo indicaba el crujido de la nieve bajo los pasos y la pesada respiración de la mujer, que, evidentemente, estaba en muy mala forma física con todo el peso que tenía.

Decidió esperarla, dado que no tenía por costumbre dar con la puerta en las narices a la gente. Otra mirada, reforzó lo que ya sabía. Era alta y la parca y los gruesos pantalones que llevaba puestos le daban un aspecto cuadrado que no la hacía identificable como mujer en la oscuridad.

—¿Qué es lo que quiere?

Ella se había plantado en el umbral.

—Explicarle.

—No me interesa.

Ella dio un paso hacia él. Evidentemente, no lo iba a dejar estar. La luz la iluminó por completo. Llevaba la bufanda hacia atrás, recogiéndole casi por completo aquel maravilloso cabello. Tenía las mejillas rosadas por el frío y unos ojos castaños muy hermosos. Sin embargo, eran los labios lo que más le atraían...

—En realidad, creo que sí le va a interesar...

Nik estuvo a punto de decirle que no pensaba cambiar de opinión, pero, por el contrario, prefirió darle un instante para aclararse.

–Yo trabajo aquí –añadió ella.

¿Formaba parte del personal? ¿Y por qué diablos no lo había dicho antes?

–Me llamo Sybella. Sybella Parminter.

Nik tardó un momento en asociar la imagen de la muchacha que estaba frente a él en aquellos momentos con la de la mujer fea con botas de goma que había imaginado. Había subestimado a su abuelo.

Nik se acercó a ella y, antes de que la mujer pudiera reaccionar, le quitó la bufanda. El cabello le cayó sobre los hombros.

–¿Qué está haciendo? –le preguntó ella.

Se llevó las manos a la cabeza con gesto protector.

Aquel cabello era exactamente lo que le había parecido en la nieve. Abundante y rubio, pero no se había percatado de que le llegaba casi hasta la cintura. La luz eléctrica lo hacía brillar o tal vez él estaba tan cansado que hasta las mujeres más corrientes le estaban empezando a parecer diosas.

Muy rápidamente, empezó a tomar forma en su cabeza la idea de un ángel rubio cuidando de su abuelo y metiéndole ideas en la cabeza sobre el patrimonio inglés y todo lo demás mientras ella miraba con codicia las escrituras de la finca.

–No puede tratarme así –dijo ella mientras se apartaba el cabello del rostro y lo miraba como si fuera un ogro a punto de saltar sobre ella.

Nik se percató de un cierto interés femenino en aquellos ojos y supo exactamente cómo iba a ocuparse del tema.

–Llámeme Nik.

–Nik –dijo ella mientras daba un paso atrás–. Bueno, me gustaría tener la oportunidad de explicarme. ¿Podría regresar mañana?

–Creo que más bien va a permanecer donde está.

–Pero si me acaba de decir que me marche.

–Me alegro de que siga mis palabras con tanta atención. ¿Qué estaba haciendo ahí fuera?

Sybella no sabía si salir corriendo o permanecer inmóvil. La manera en la que le hablaba y el modo en el
que miraba su cabello la desconcertaba. Sin embargo,
sabía que había muchas personas que dependían de
ella. No podía defraudarlas.

–El Heritage Trust se reúne aquí los jueves por la
tarde. Yo soy la secretaria. Secretaria auxiliar, en realidad–. Soy la única que sabe taquigrafía. No utilizamos
grabadora.

–¿No es usted la directora?

–No...

Nik se estaba quitando el abrigo y miraba a su alrededor como si esperara que alguien fuera a ayudarlo.

–Entonces, usted no es la directora... es la secretaria... ¿Cuánto tiempo lleva ocurriendo esto?

–Poco menos de un año. El señor Voronov ha sido
muy amable...

–Y ha dejado que se aprovecharan de él.

–No, eso no es...

Sybella perdió el hilo de sus pensamientos cuando
él se despojó por completo de la prenda y descubrió lo
que había resultado tan firme en el exterior cuando Nik
la tuvo entre sus brazos. Un jersey gris marengo se ceñía a unos anchos hombros y a una esbelta cintura.
Unas estrechas caderas y unas poderosas piernas iban
embutidas en unos vaqueros. Sybella se quedó muda.

Por el silencio o porque notara la intensidad de su
mirada, Nike la miró de arriba abajo, como si estuviera
valorando si se acostaría o no con ella. Sybella experimentó la humillante sensación de que él se había dado
cuenta de que ella lo estaba mirando y dio por sentado
que él estaba haciendo lo mismo.

Efectivamente así había sido, aunque no porque estuviera considerando acostarse con él. Desde luego que no. En realidad, no había sido su intención mirarlo tan fijamente. Simplemente había ocurrido, pero él no lo sabía.

Lo que empeoraba aún más las cosas era que la ropa de esquí que llevaba puesta convertía su cuerpo de mujer en un objeto enorme y flotante, lo que hacía que la posibilidad de que él la encontrara atractiva era muy remota.

–¿Le importaría decirme por qué se ha abalanzado sobre mí en la oscuridad? –le preguntó. Después de haber descubierto que le resultaba atractivo, su mirada tenía una nueva intención.

Sybella se sonrojó. Voronov le hacía sentirse como una adolescente frente al chico que le gustaba. Con veintiocho años, era ridículo.

–Yo no me he abalanzado sobre usted. ¡Usted me lanzó su bolsa de viaje!

Él se había movido por el recibidor para ir a colgar el abrigo. Sybella lo seguía tratando de explicarse.

–Esperaba que me saliera a recibir algún empleado.

Sybella suponía que aquel comentario la ponía en su lugar. Admiró solapadamente el trasero de Voronov, que, como el resto de su cuerpo, tenía que ser puro músculo. Fue entonces cuando él soltó la bomba.

–También pensé que era un hombre.

–¿Cómo dice?

–Bueno, evidentemente no lo es....

–No –afirmó ella–. No soy un hombre. Gracias.

–Estaba muy oscuro y usted lleva ropa unisex.

–Esta ropa no es unisex –dijo Sybella mientras observaba su considerable volumen–. Es rosa palo. El rosa es tradicionalmente un color femenino.

Nik la miró de forma muy dudosa, por lo que ella lanzó un resoplido.

–Mire, este abrigo tenía en la etiqueta talla L para mujer –insistió. Entonces, se detuvo en seco.

¿Acababa de informarle que tenía una talla L? Sí. Efectivamente.

–Estaba muy oscuro –repitió él.

Cerró la puerta del guardarropa y se volvió a mirarla. Poco a poco fue empujándola de nuevo hacia la puerta.

Cuando por fin lograra recoger su autoestima del suelo, Sybella se recordaría que ella era una mujer alta, que llevaba muchas capas de ropa y que, efectivamente, había estado muy oscuro. ¿Tanto?

Se sintió peor aun cuando él comenzó a subir las escaleras sin esfuerzo alguno mientras que a ella le costaba mucho porque, por aquel entonces, no solo era ya la ropa que llevaba puesta, sino que también pesaba más porque estaba empapada.

Al llegar arriba estaba completamente sin aliento.

–Tiene que hacer más ejercicio. No está en forma.

¿Eso era lo único que tenía que decirle? Pero si solo se sentaba un rato cuando estaba en el archivo, y eso si la tarde era tranquila.

–¿Y usted no debería ir a ver a su abuelo? –le preguntó. Ya no quería explicarle nada. Solo quería irse a casa y darse un baño para poder estar a solas y llorar a gusto.

–Puede esperar.

¿Qué clase de nieto era? Creía conocer la respuesta. El nieto ausente. Frunció el ceño. Si hubiera sido así, ella no estaría en aquella situación.

Lo siguió a lo largo de la galería, que ella mostraba con regularidad a los visitantes. Se imaginó que a Nik no le gustaría mucho saberlo. Llegaron a la imponente sala, en cuyo centro había seis sillas de estilo jacobeo apiladas, esperando encontrar su sitio.

–¿Qué diablos? –preguntó él mientras las miraba.

–¿No le gustan? Su abuelo hizo que las bajaran de la buhardilla donde estaban almacenadas. Aún no hemos decidido dónde ponerlas.

–¿Hemos? –preguntó él volviéndose para mirarla–. ¿Le interesan los contenidos de la casa?

Como si ella fuera una especie de delincuente.

–No, me interesa el pasado.

–¿Por qué?

Sybella se sentía algo azorada por el modo en el que él la estaba mirando, con dureza y sospecha, pero haciéndole sentir muy mujer a pesar de lo que había dicho. Le costó encontrar una respuesta.

–No lo sé... Simplemente me gusta.

Nik no pareció muy impresionado. Sybella tenía que esforzarse un poco más. Trató de encontrar alguna razón que él creyera.

–Si una persona crece, como me ocurrió a mí, en una casa muy moderna, dentro de una urbanización de lujo, se aprende a ver también la belleza de las cosas antiguas.

Él la miró con escepticismo, como si no la entendiera.

–Era el lugar más desangelado de toda la tierra. Desde muy pequeña, supe que tenía que haber algo mejor.

Sybella respiró profundamente y se dio cuenta de que le había contado un poco más de lo que era su intención.

–¿Por qué tienen los muebles más significado si son antiguos?

–Porque las cosas antiguas tienen una historia y los muebles que han sobrevivido son producto de grandes artesanos. De artistas.

–Es usted una romántica –dijo él como si fuera un delito.

–No, soy práctica. Aunque supongo que también de niña leía libros sobre otros niños que vivían en casas antiguas y fantaseaba que así podría vivir yo algún día.

–¿Y es así?

Nik sintió la tentación de preguntarle si se podía ver viviendo en aquella casa.

–No es algo poco frecuente. Le pasa a muchos niños y yo tenía una buena razón para pensar así.

Nik sospechaba que estaba a punto de escuchar una historia lacrimógena. También era consciente de que, si le daba suficiente cuerda, ella terminaría contándoselo todo. Estaba nerviosa y eso le hacía hablar.

–Siento más curiosidad por el interés que tiene en esta casa –gruñó.

–No. Me ha preguntado por mi interés en el pasado.

–Casas viejas, infancia desgraciada....

–Yo no he dicho que tuviera una infancia desgraciada –replicó ella. Parecía molesta–. He dicho que la casa era muy desangelada. Éramos las únicas personas que habían vivido allí, lo que resultaba una ironía.

–He picado... ¿Por qué?

Ella trató de cruzarse de brazos, pero le resultó casi imposible por el volumen de la ropa.

–Porque la mujer que me crio estaba obsesionada con la genealogía. Su genealogía, no la mía, tal y como luego resultó.

–¿Fue usted adoptada?

Ella asintió. Por primera vez, pareció menos comunicativa. Su hermoso rostro se cerró como si fuera un puño.

Nik tenía quince años cuando le dijeron que su padre no era su verdadero padre. Él siempre había considerado la vida en términos de *antes* y *después*.

–¿Cuándo lo descubrió?

Sybella lo miró como si estuviera valorando si debía decírselo o no.

–Tenía doce años. Fue cuando mis padres se separaron.

–Debió de ser muy difícil.

–Sí. Lo fue más aún cuando me devolvieron.

–¿Cómo?

Sybella irradiaba tensión en aquellos momentos.

–Me dejaron en un bonito internado y estuve seis años allí.

Nik estuvo a punto de soltar una carcajada. ¿De eso se estaba quejando?

Niña mimada de clase alta que se quejaba de sus años escolares en lo que, según se deducía de sus palabras, había sido un colegio muy elitista. Se preguntó de qué más se tendría que quejar. Y, allí estaba él, en realidad lamentándose por ella.

Era buena, tenía que admitirlo.

–¿Se ha parado alguna vez a pensar que le estaban dando una buena educación?

–Me estaban dando una buena educación, pero los veía con muy poca frecuencia en las vacaciones. Ahora ya no tengo contacto con ellos. Fue como si me hubieran devuelto.

Sybella se alegró de haber podido mantener el autocontrol y del hecho que pudiera hablar sobre sus padres adoptivos sin expresar emoción alguna.

–Es una triste historia –dijo él. Algo en el tono de su voz le transmitió a Sybella que no la creía del todo.

–Supongo que sí –replicó ella. De repente, se sentía avergonzada y enojada consigo misma–. No sé por qué le he contado todo esto. Estoy segura de que a un hombre como usted no le resulta en absoluto interesante.

–Le sorprendería saber lo que me interesa a mí.

Sybella descubrió que no tenía nada inteligente que decir para responder a aquella afirmación. Sin embargo, no pudo evitar deslizar la mirada por aquellos anchos hombros, recordando lo fuerte y firme que él le había parecido.

La mirada de él atrapó la de ella y algo pareció surgir entre ellos.

—¿Y cuáles son exactamente sus intereses, señorita Parminter?

Sybella sabía lo que le interesaba y también que no iba a ocurrir. Sintió que se sonrojaba.

—Soy señora Parminter —afirmó en un intento desesperado por rechazar lo que parecía que él estaba a punto de preguntarle a continuación.

—¿Está casada?

Después de aquella pregunta se produjo un incómodo silencio, que redujo a la nada la tensión que había existido entre ambos desde que se encontraron en la nieve.

Sybella no sabía qué decir.

Pero él sí.

—¿Y sabe su esposo que está por ahí de noche, juntándose con otros hombres?

Capítulo 4

AÚN CON demasiados malos recuerdos rondándole la cabeza, algo saltó dentro de Sybella con la suficiente fuerza para hacer que levantara la mano. Por suerte, los reflejos de Nik fueron más rápidos que los de ella y le agarró la muñeca, inmovilizándosela por completo.

Se produjo un tenso silencio en el que lo único que ella pudo escuchar fue su propio pulso rugiéndole en los oídos. Entonces, él lo rompió en voz muy baja.

—Eso ha estado fuera de lugar —dijo soltándole el brazo para que Sybella pudiera bajarlo lentamente—. No es asunto mío —añadió. Fue en ese momento cuando ella se dio cuenta de que él no estaba hablando sobre el bofetón que había estado a punto de darle, sino que se estaba disculpando por lo que había dicho.

Se le quitaron las ganas de pelear y con eso comprendió que había estado a punto de golpear a otra persona. Por supuesto que él le había provocado, pero no se podía decir que fuera una excusa. Tenía que disculparse con él, pero le estaba costando hacerlo por la implicación que él había hecho, algo de lo que no se había retractado. No bastaba solo con decir que no era asunto suyo.

—Hace seis años, mi esposo me dio un beso, se montó en su furgoneta y se marchó a la granja Pentwistle —dijo ella en voz baja—. En la carretera entre la granja y el desvío, fue golpeado por otro coche que subía por la pendiente.

Nik la observaba con una expresión que ella nunca le había visto antes. Como si la estuviera tomando en serio.

–Así que no, señor Voronov. Mi marido no tiene ni idea de lo que yo hago hoy en día, pero yo sí. Ojalá no hubiera intentado abofetearlo. Eso ya no lo puedo retirar, pero no se atreva a decirme ese tipo de cosas. No me merezco su desprecio o ¿es que tiene un problema con las mujeres en general? Sospecho que sí.

–Sospecho que tengo un problema con usted, señora Parminter –comentó lentamente–, pero siento lo que he dicho.

–Debería sentirlo –replicó ella manteniendo la mirada–. Yo también lo siento –añadió.

Tuvo que obligarse a pronunciar aquellas palabras porque, por muy mal que estuvieran sus actos, no podía olvidar qué era lo que los había provocado. Nada de lo ocurrido le hacía sentir mejor. Se sentía peor. Se rodeó la cintura con los brazos todo lo que pudo a pesar de la ridícula parca.

Él la miraba como si mereciera compasión. Se equivocaba. Ella se merecía una buena conversación por todos los errores que había cometido en referencia a aquella casa.

–Está helada –dijo él–. Tiene que quitarse esa ropa mojada.

–Yo no...

–Puede secarlas delante del fuego o puedo hacer que se las laven.

–Le ruego que no se moleste. Voy a llevarlas a la tienda para que me devuelvan el dinero.

–¿Se encuentra bien?

Ella parpadeó y se pasó la mano por el rostro. Cuando abrió de nuevo los ojos, vio que él la observaba como si estuviera a punto de desmoronarse.

–Supongo que sí.

Entonces, los ojos se le llenaron de lágrimas. Maldita sea...

Cansada, mojada, con serios problemas sobre las actividades de aquella casa y, aún así, profundamente consciente de Nik Voronov como hombre y de sus propias deficiencias en ese campo, Sybella deseaba más que nada quitarse su ropa mojada y tumbarse frente al fuego para dormir durante cien años.

En aquel momento, se escuchó un ruido y Gordon, que se ocupaba del funcionamiento de la casa, entró por una puerta lateral con una camarera llena de bebidas. Voronov le indicó que sirviera las bebidas.

Sybella se preguntó si no sería mejor aprovechar el momento para marcharse de allí, pero el fuego de la chimenea le atraía profundamente. Decidió que ocuparse de su ropa mojada era mejor opción. Se quitó la parca primero y luego los pantalones. Se quedó vestida tan solo con unas medias, por lo que se sentía algo tímida, aunque no completamente expuesta. Las medias eran muy gruesas y podían pasar perfectamente por unos *leggins*. En realidad, era un alivio poder volver a moverse de nuevo libremente.

Acababa de colocar los pantalones delante del fuego cuando sintió que le colocaban una toalla por encima de la cabeza.

Sybella se sobresaltó.

–Estate quieta –le dijo Voronov mientras empezaba a frotarle vigorosamente la cabeza.

En principio, Sybella protestó y le aseguró que podía hacerlo ella, aunque luego terminó cediendo porque resultaba imposible hablar con él.

Aquel era su papel. Durante cinco años, había sido ella la que había suministrado cuidados. Resultaba desconcertante ser el centro de la atención de otra persona. A medidas que los movimientos se hacían más rítmicos, Sybella fue relajándose y sintiendo que parte de la tensión de aquella alocada velada la iba abandonando.

Había pasado mucho tiempo desde que otra persona se ocupara de sus necesidades. Se había olvidado que podía ser así. Incluso cuando Simon estaba vivo, había estado tan ocupado con su nueva consulta veterinaria que, en el poco tiempo que estuvieron casados, prácticamente solo se habían encontrado por las noches en la cama. Sybella sintió cómo la piel se le acaloraba porque sentía las manos de otro hombre sobre ella, aunque fuera secándole el cabello. Sin embargo, cuando levantó la mirada y la cruzó con los ojos grises de él, se escandalizó por los sentimientos tan primitivos e insistentes que sintió y que apenas reconoció en los tranquilos y algo incómodos avances que había tenido con Simon...

–Ya basta –dijo ella, con la voz algo ronca por lo incómodo de la situación.

Nik se detuvo un instante, pero luego continuó secándole el cabello con aún más vigor.

–Si enfermas de neumonía dentro de unos días...

–¿No quieres ese peso sobre tu conciencia?

–No quiero que me demandes.

–No soy abogado y tampoco tengo dinero para poder contratar uno.

–¿A qué te dedicas además de a frecuentar esta casa? –le preguntó tras retirar la toalla para permitir que ella pudiera mirarlo.

–¿Quieres que te dé un listado?

–¿Por qué no? –replicó él con una lenta sonrisa.

–¿Por qué no visitas a tu abuelo más a menudo? –le preguntó ella en vez de responder.

Nik extendió la mano y apartó suavemente los rizos del rostro de Sybella.

–Habría venido antes a visitarlo si hubiera sabido que aquí había algo tan hermoso

Entonces, Nik le miró los labios.

Sybella volvió a revivir el momento de la nieve y se dio cuenta de que no había sido su imaginación. Existía entre ambos una fuerte atracción... pero ella no hacía ese tipo de cosas. Él último hombre que la besó existía ya solo en su recuerdo. Ni siquiera estaba segura de lo que haría si él...

Nik la besó. No le dio oportunidad para zafarse ni para pensarlo. Simplemente lo hizo realidad. Le deslizó una mano por la parte posterior de la cabeza y le colocó la otra en la cintura. Tenía la mano tan ancha que prácticamente le cubría toda la espalda.

Sybella se vio sumida en un laberinto de los sentidos. Nunca se había sentido tan delicada, tan consciente de que, aunque fuera una mujer sensata y supiera que aquello resultaba muy peligroso, se sentía completamente a salvo entre sus brazos.

Aunque en la nieve había sido muy tosco con ella, en aquellos momentos le estaba mostrado un cuidado y un reconocimiento exquisito de ella como mujer. Resultaba evidente que ya no la confundía con un hombre y eso daba paso a un delicado sentimiento que le florecía en el pecho y danzaba cálidamente hasta llegarle al vientre.

Nik la estrechó contra su cuerpo. Cuando ella sintió su fuerza y su firmeza, no necesitó nada más. Cedió, entreabriendo los labios suavemente bajo los de él. Recordó de inmediato el arte perdido del beso, con algunos cambios sutiles pero muy apreciados.

La lengua de Nik acariciaba, saboreaba, seducía... Su tacto era tan masculino y tan abrumador que Sybella no pudo hacer otra cosa que no fuera aceptar lo que él le ofrecía instintivamente, sin importarle adónde pudiera llevarles lo que estaban haciendo en aquellos momentos... hasta que, de repente, todas las dudas e incertidumbres regresaron precipitadamente y la obligaran a bajar la cabeza.

–¿Qué es lo que pasa? –preguntó él con voz ronca.

Aparte del hecho de que era un completo desconocido y que no se conocían, sospechaba que, dadas las actividades que ella había realizado en la casa, solo podría haber problemas entre ellos.

–No lo sé –mintió.

Sybella se estaba sintiendo abrumada por la situación. Había pasado mucho tiempo y no estaba segura de ser capaz de estar con él como una mujer sexualmente segura de sí misma. De hecho, ¿se había sentido así alguna vez?

No estaba preparada.

Meg diría que su consideración de sí misma como una mujer deseable había terminado en un rincón de su armario, junto con el ramo de novia que se había hecho conservar y todos los planes que Simon y ella habían hecho para el futuro. Sin embargo, había ocurrido mucho antes, cuando Simon salió brevemente con otra mujer y se acostó con ella.

Resultaba desconcertante descubrir, tras mirar a aquel atractivo e intenso hombre, que no tenía ni idea de qué hacer. Sin embargo, sí sabía una cosa. Tenía que contarle lo que estaba pasando en su casa.

–Tengo que decirte una cosa –le espetó–. Edbury House está abierta al público los fines de semana.

Nik no la soltó inmediatamente. Aún tenía las manos sobre la deliciosa cintura, cubierta por una delicada lana de cachemir que hacía resaltar perfectamente las curvas que Sybella tenía arriba y abajo.

Era perfectamente capaz de señalar el momento en el que había dejado de pensar con claridad. Fue cuando la vio junto al fuego, una mujer absolutamente femenina. Tenía una silueta idéntica a la de un reloj de arena.

Rotundos pechos y largas y torneadas piernas, que se ensanchaban deliciosamente en los muslos y en las nalgas. Entre sus brazos le había parecido que era consuelo y pecado a la vez.

Eso explicaba por qué su cerebro tardó un poco más de lo debido en reaccionar. Su cuerpo estaba feliz donde se encontraba, junto a las maravillosas curvas de Sybella.

–¿Por qué está la casa abierta al público? –preguntó por fin–. ¿Quién ha dado autorización?

–Con la autorización del señor Voronov senior y... con la tuya –murmuro Sybella, casi en un susurró.

–¿La mía? –gruñó él. Todo rastro del hombre que había estado besándola, despertando en ella sentimientos apasionados se evaporó como si fuera el último rayo de sol de un gélido día de invierno.

–Se te enviaron los documentos. No tomé la decisión tan solo con el visto bueno de tu abuelo –protestó ella.

–Yo no he recibido documento alguno.

No. Sybella se mordió los labios. Tendría que explicarle a continuación lo de las cartas. No quería ser responsable de la ruptura entre abuelo y nieto. La familia era muy importante. Nadie lo comprendía mejor que alguien que, durante mucho tiempo, no había tenido una.

No. Sería mejor que el abuelo confesara. ¿Y si Nik Voronov decidía echarle la culpa de todos modos? La sangre era más espesa que el agua y el anciano señor Voronov podría muy fácilmente ponerse del lado de su nieto.

Sybella sabía que la única culpable era ella y, durante un instante, no supo que decir.

–No veo a quién ha perjudicado. El señor Voronov es un hombre solitario y disfruta teniendo gente en la casa...

–Y tú te has aprovechado de eso.

–¡No! Comprendo que no me conoces –dijo manteniendo la voz tan firme y tranquila como pudo, a pesar de la creciente tensión–. Y has dicho que estás preocupado por tu abuelo.

–Estoy preocupado por él.

–Bueno, pues no veo pruebas de eso, dado que nunca vienes a verlo.

Debería haberse callado aquel comentario. Nik la miró con enorme desaprobación.

–Sospecho que has engañado a mi abuelo y, si lo demuestro, te aseguro que no me querrás como enemigo.

Sybella dio un paso atrás y tragó saliva.

–¿Acaso vas siempre por la vida desconfiando de todo el mundo?

–En lo que se refiere a mi familia, por supuesto que sí.

Aquellas palabras aplacaron la indignación que Sybella sentía porque ella protegía a su familia también. El abuelo de Nik se había convertido también en miembro honorario de esa pequeña familia y, por un instante, se preguntó si se habría equivocado. Tal vez Nik Voronov sí se preocupaba de su abuelo. Si ella estuviera en su lugar, también sospecharía.

Volvió a intentarlo.

–Sinceramente, Nik, no es lo que piensas.

–Creo que sería mejor que volviéramos a tratarnos de usted.

Él estaba volviendo a conseguir que ella se sintiera como si hubiera hecho algo malo. Entonces, se dio cuenta de que estaba sacando el teléfono.

–¿Va a llamar a la policía?

–Voy a pedirle un coche. Supongo que vive en el pueblo.

Tan solo se tardaba diez minutos andando si iba por el sendero, pero Sybella no tenía intención alguna de discutir con él sobre eso también.

–Si esta es la manera que tiene su organización de conseguir apoyos, puede decirles de mi parte que lo de utilizar como cebo a la chica guapa dejó de estar de moda en los años setenta.

¿Utilizar como cebo a la chica guapa?

Nik se dio la vuelta y comenzó a hablar por teléfono en ruso.

Sybella se preguntó si el hecho de que él la zarandeara anteriormente le había afectado al oído. Ciertamente, parecía haberle afectado a la inteligencia que siempre había tenido. ¿Qué se creía Nik, que era Mata Hari y que besaba a los hombres para obtener secretos de Estado?

Dios santo... Necesitaba marcharse de allí.

Maldijo su propia estupidez y se puso los pantalones mojados y luego se inclinó para abrocharse bien las botas. La ropa resultaba fría y desagradable, pero tendría que aguantarse.

—Quiero que vuelva aquí bien temprano, digamos a las ocho de la mañana para desayunar —le dijo él—. Tiene muchas cosas que explicarme y lo hará en presencia de mi abuelo.

—A las ocho es demasiado temprano.

—Mala suerte. Cómprese un despertador.

—Para su información —dijo ella dándose la vuelta—, estaré ya despierta a las seis, pero tengo muchas cosas de las que ocuparme. No es usted la única persona con ocupaciones de este mundo, señor Voronov.

—Yo dirijo un imperio que vale miles de millones de dólares, señora Parminter. ¿Cuál es su excusa?

«Una niña de cinco años», pensó Sybella. Decidió guardar silencio. Él parecía uno de esos hombres que pensaba que lo de criar a los niños se hacía por arte de magia. Además, prefería no meter a su hija en aquella conversación tan hostil.

—Me marcho mañana —le informó él—. Digamos que esta va a ser su única oportunidad.

—¿Para hacer qué?

–Para convencerme de que no implique a mis abogados.

Sybella se quedó atónita. No se podía creer que aquello estuviera ocurriendo de verdad. Se aseguró que el anciano señor Voronov ayudaría a aclarar todo lo sucedido al día siguiente.

–Bien. Aquí estaré.

Para sorpresa de Sybella, él le ofreció su abrigo de lana con un gesto menos antagónico.

–Necesitará esto.

Sybella miró la parca que había sido incapaz de volver a ponerse y, con cierto reparo, se colocó el abrigo de Nik sobre los hombros.

El gesto le recordó a lo amable que había sido él secándole el cabello, cómo le había hecho sentirse querida, aunque solo hubiera sido por un breve espacio de tiempo. Era suficiente para hacer que quisiera echarse a llorar y aquello era algo que odiaba. No cambiaba nada.

Se apartó de él con su aroma rodeándole desde el interior del abrigo.

Vio una botella de coñac y, sin pensárselo, la tomó con una mano. Después de los acontecimientos de aquella noche, ella lo necesitaba más que él.

Nik no dijo nada y, cuando ella se dirigió escaleras abajo para dirigirse al coche que la esperaba en la entrada, la agarraba con fuerza, como si fuera un salvavidas.

Resultaba ridículo, cuando, en realidad, ella ni siquiera bebía. Ridículo era también estar en su coche cuando solo se tardaba cinco o diez minutos en ir andando. Se llevó los dedos a los labios. Aún los tenía algo hinchados y sensibles por toda la atención que había recibido. Ridículo era también haberlo besado.

Capítulo 5

MAMÁ, hay un gigante en nuestro jardín! ¿Qué te parece?

Dado que el día anterior había habido un elefante debajo de la escalera, Sybella no fue corriendo a llamar a los bomberos o a la policía.

Cuando guardó las toallas de baño que había estado doblando y entró en la habitación de Fleur, la encontró frente a la ventana, aún vestida con su pijama. Observaba el exterior con sus enormes ojos violetas llenos de curiosidad, viendo el mundo como un lugar en el que los personajes de los cuentos de hadas adoptaban formas humanas y más reales.

Sybella se reunió con ella frente a la ventana y miró al exterior. El pulso se le aceleró y dio un paso atrás. Entonces, volvió a asomarse para mirar de nuevo. Fleur la observaba, esperando saber cómo responder al desconocido que estaba frente a su puerta. Sybella se sacudió el asombro que la había embargado hasta entonces.

–No es un gigante, cielo. Es un dios vikingo. Mamá va a bajar para hablar con él. ¿Por qué no te quedas con Dodge? Ya sabes lo nervioso que se pone con los chicos.

–Porque hacen mucho ruido –dijo Fleur mientras recogía sus bloques y se ponía de nuevo a hacer figuras.

No engañó a Sybella. Sabía que su hija esperaría hasta que ella no pudiera verla para acercarse a lo alto de las escaleras y mirar a través de la balaustrada.

A Sybella no le hubiera importado hacer lo mismo, pero empezó a bajar las escaleras de dos en dos y se detuvo frente al espejo que había en el recibidor para comprobar que tenía la cara limpia. Lo estaba, pero los ojos mostraban claramente las sombras que indicaban la falta de sueño.

Había estado navegando por Internet hasta muy tarde la noche anterior para sacar información sobre Nik Voronov y sobre el daño que él podría hacerle. Dado que aparecía en la lista Forbes, seguramente mucho.

Al menos, llevaba puesta su ropa de trabajo, una camisa de seda blanca, una falda de ante de color caramelo y unas botas. Bastante respetable. Se mesó el cabello con la mano y fue a abrir la puerta.

Entonces dudó. Se volvió a mirar en el espejo y se desabrochó los dos botones superiores de la blusa. Así, que se le viera un poco el escote. No tenía nada que ver con ponerse más atractiva para el hombre que había dicho que ella era un cebo la noche anterior, sino con su propia autoestima como mujer.

Al abrir la puerta, su autoestima se tambaleó.

Él iba vestido con traje y corbata. Podría haber llevado puesta también una capa y una espada porque parecía que había ido a tomar prisioneros

Los ojos le brillaban como si fuera a lanzarle una red. Sybella instintivamente apretó los talones para evitar que la arrastrara hacia él.

Igual que la noche anterior, lo que le atraía era su boca. El grueso labio inferior, ligeramente curvado en las comisuras, aunque, como el dedo de un emperador romano, podía curvarse hacia arriba o abajo, dependiendo de lo que deseara para decidir el destino de su prisionero. La noche anterior, aquella boca la había besado y todo parecía haber estado yendo a su favor durante un tiempo. Al final, todo había sido una estratagema para hacer que pareciera tan estúpida como fuera posible.

—¿Disfrutó del coñac?

¿El coñac? Sybella no había sabido qué hacer con la botella cuando llegó a su casa, así que la había metido en un armario.

—Sí, gracias —respondió sin dudarlo—. Me la bebí entera.

—Pues ha de tener cuidado —replicó él—. Beber en exceso provoca toda clase de enfermedades.

—Lo tendré en cuenta.

¿Qué era lo que quería? ¿Por qué la miraba de ese modo, tan fijamente, como si, en cierto modo, la estuviera desnudando con la mirada?

—Bueno, ¿en qué puedo ayudarlo?

Nik estaba mirando fijamente los dos botones que se había desabrochado.

—Son las nueve.

—Ya le dije que estaba bastante ocupada por las mañanas...

Nike había pasado a concentrar su atención en el cabello de Sybella. De la noche a la mañana, parecía haberse hecho más abundante. De repente, se encontró justamente en el mismo lugar en el que estaba la noche anterior. Deseándola.

Se aclaró la garganta.

—Mi abuelo me ha dicho que organiza visitas por la casa.

—El tercer jueves de cada mes —dijo ella, irguiéndose—. Recibimos grupos de estudiantes, pero solo en el ala oeste.

—¿Lleva gente a mi casa?

—No creo que su abuelo considere que la casa le pertenece a usted —dijo ella pestañeando con nerviosismo–. En realidad, la casa les pertenece, en cierto modo, a todos los habitantes de Edbury. Desde tiempos de los normandos, ha habido una casa solariega en ese lugar.

–Fascinante.

–¡Claro que es fascinante! –afirmó ella–. Su abuelo comprende que tan solo somos los custodios de un lugar como este. Por eso ha accedido a abrir de nuevo la finca al público.

Nik trató de no percatarse cómo la blusa se le ceñía a los pechos o la falda a las rotundas caderas.

–Me interesa mucho más descubrir la razón exacta por la que mi propiedad recibe el tratamiento de un parque temático.

–Le aseguro que nadie está tratando a Edbury Hall de ese modo –dijo ella firmemente, con la intención de dejar atrás la tensión sexual que los atenazaba a ambos–. Se trata más bien de un centro educativo.

–¿Quién paga su sueldo?

–Nadie. Todos somos voluntarios. Nadie ha recibido nunca sueldo alguno en Edbury. Todos los ingresos se canalizan para otros proyectos de la zona.

–¿Usted no es una empleada?

Sybella negó con la cabeza.

–Bien, eso hace que todo esto sea menos ambiguo.

–¿Qué quiere decir con eso? ¿Qué es ambiguo? –preguntó Sybella. No le gustaba cómo sonaba aquello.

Nik miró el techo y el dintel de la puerta, para después hacerlo con las paredes de la casa.

–Usted es también mi inquilina –dijo mirándola de nuevo con frialdad–. El arrendamiento del Hall incluye estas casas.

–Sí –respondió ella. Se sentía acorralada–. Y jamás he dejado de pagar.

–Nadie ha dicho nada al respecto, pero se trata tan

solo de un ejemplo, de una hipótesis. ¿Le gustaría que yo la convirtiera en una atracción turística los fines de semana?

—Son una atracción turística.

—*Prostit?*

—La gente viene de todas partes del mundo a fotografías estas casas. Varios equipos de grabación han estado tomando localizaciones en esta calle durante los últimos cuatro años. Estoy empezando a creer que no sabe nada en absoluto de Edbury —concluyó cruzándose de brazos.

—Y tiene razón. Soy el dueño del Hall por razones tributarias.

—¿Cómo dice?

—Tengo que ser propietario de cierto número de fincas en el Reino Unido por razones tributarias.

—Debe de ser una broma... ¿Ha causado todo este revuelo en el pueblo porque quiere hacer trampas en sus impuestos?

—Le aseguro que yo no llevo a cabo actividades ilegales, señora Parminter y, si fuera usted, tendría más cuidado con lo que me dice

Ella pareció sorprendida y se retiró un poco hacia el interior de su vivienda.

Nik suspiró. Él no se peleaba nunca con mujeres, pero cada conversación que tenía con Sybella terminaba en una confrontación.

—No me interesan sus asuntos financieros, señor Voronov —replicó ella—, como tampoco me gusta que me retengan hablando en la puerta de mi casa a las nueve de la mañana. Diga lo que tenga que decir y márchese.

Él la miró de arriba abajo, algo que a ella evidentemente no le gustó.

—Ya lo he dicho.

—Bien.

Sybella dio un paso atrás e hizo ademán de cerrar la puerta de la casa, pero Nik aún no había terminado con ella.

–¿Hay algo más que quiera decirme antes de que se impliquen los abogados?

Sybella se detuvo en seco.

–¿Qué quiere decir con eso? –le preguntó. Apretó los labios y, mirándolo fijamente con sus ojos color miel, volvió a dar un paso al frente–. Yo... yo no creo que los abogados sean necesarios.

–Por suerte, esa decisión la tomo yo.

Trató de encontrar algo razonable que decir, pero lo único que le salió fue:

–¿Por qué ha tenido que venir aquí para molestar a la gente?

–Ya le dije que he venido a visitar a mi abuelo...

–Bueno, pues tal vez si se hubiera molestado en venir antes habría sabido lo que estaba ocurriendo aquí –le espetó a la desesperada–, en vez de entrar como un elefante en una cacharrería y amenazar a todo el mundo con los abogados.

–Dado que vivo en San Petersburgo, presentarme aquí no me resulta sencillo.

–¿Es ahí donde vive? –le preguntó sin poder contenerse, llevada por la curiosidad. Comprendió que había quedado en evidencia el interés que sentía por él.

Sintió que se sonrojaba.

–*Da* –dijo él. Se produjo un silencio durante el cual Sybella recordó cuántos detalles le había dado la noche anterior sobre su vida. La intimidad que con eso se había creado.

–Bueno, tal vez no le resulte fácil venir aquí con regularidad –admitió ella de mala gana–, pero su abuelo necesita que, en estos momentos de su vida, su familia lo acompañe.

–Mi abuelo está muy bien cuidado

–¿Sí? ¿Sabe usted que no le gusta la enfermera que tiene? No se fía de ella.

Nik frunció el ceño.

–No me ha dicho nada.

–Tal vez si viniera a visitarlo con más frecuencia podría hablar con la gente que le rodea y a la que le importa, no a la que usted tiene contratada. Así, podría saber mejor lo que ocurre en vez de inventarse estúpidas historias y tomarla conmigo.

–¿Y usted es una de las personas a la que le importa?

–No lo sé, pero estoy aquí. Veo lo que ocurre.

–Lo que a mí me parece que está ocurriendo aquí, señora Parminter, es que usted ha estado utilizando la generosidad de mi abuelo para beneficiarse.

–Por supuesto. Usted no podría pensar otra cosa –le espetó ella mirándolo con desaprobación

La verdad era mucho más sencilla y amable de lo que aquel hombre pudiera sospechar. Su abuelo había forjado una encantadora y deliciosa amistad con Fleur.

Sybella había visto como un hombre solitario y reservado volvía a la vida en compañía de la arrebatadora e imaginativa Fleur. Ver cómo el anciano Voronov inclinaba la canosa cabeza junto a la oscura de la niña mientras leían juntos hacía que todos los jueves por la tarde fueran un regalo del cielo.

Fleur no solía sentarse a leer. Le gustaba más jugar al aire libre, subirse a los árboles, perseguir a las vacas y ensuciarse. Todo era posible porque vivían en el campo. Se parecía mucho a su padre.

Por eso, el señor Voronov era una bendición. Lo último que Sybella tenía en mente era beneficiarse en modo alguno.

–Francamente, no me importa lo que usted piense. Voy a seguir visitando a su abuelo y no podrá hacer nada al respecto.

–Señora Parminter, deje que yo le diga cómo va a ser –dijo, bajando la voz un tono–. Sus visitas a la casa se han terminado. Va a mantenerse alejada de allí o habrá consecuencias. ¿Me ha entendido?

–¿Qué consecuencias?

–Consecuencias legales.

Sybella palideció. Nik esperó sentirse satisfecho por aquella reacción, pero no fue así. Sin embargo, no pensaba aceptar ninguna clase de ultimátum por parte de aquella mujer. Enfrentarse a aquella situación le había quitado demasiado de su valioso tiempo.

–Escuche, no quería que todo esto se desmadrara tanto...

–¿Me ha entendido? –repitió él.

Sybella se echó a temblar. Por primera vez, se veía que estaba visiblemente intimidada. Nik se dio cuenta de la tensión que atenazaba su rostro y su ira se evaporó en un abrir y cerrar de ojos.

Se había pasado la noche teniendo fantasías sexuales bastante explícitas sobre aquella mujer y aquella mañana se había enterado de muchas cosas que no le gustaban de ella. La mezcla no resultaba muy adecuada.

–Lo he entendido perfectamente –dijo ella tragando saliva, aunque le dejaba muy claro con sus ojos que no era así.

Al contrario de la última mujer que le había lanzado un ultimátum, una modelo española que no parecía conocer el significado de la palabra «no», Sybella Parminter no parecía comprender el modo en el que funcionaba aquello. Si cedía, Nik le daría un respiro. Sin embargo, no parecía que fuera a ceder.

Todo ello le resultaba desconcertante, porque acababa de descubrir que no le gustaba que ella estuviera triste o disgustada. Por segunda vez. Por él.

Dio un paso hacia ella.

–¡Mamá! –exclamó una niña, que se acercó corriendo a Sybella y le agarró las piernas.

–¿Esta es su hija? –preguntó Nik atónito.

–Sí –respondió ella tomando a la pequeña en brazos. Se dio la vuelta para entrar en la casa. La niña miró a Nik por encima del hombro de su madre como si él fuera un ogro de un cuento de hadas. Le sacó la lengua.

Nik vio cómo ella le daba con la puerta azul en las narices. Sintió la terrible sospecha de que acababa de cometer un error.

Capítulo 6

SYBELLA conducía tan rápidamente como el reglamento de Tráfico le permitía por la carretera que llevaba desde el ayuntamiento de Middenwold, donde trabajaba los viernes, a Edbury.

Presa del pánico, había llamado al señor Voronov desde el trabajo para comunicarle que iba a llevarle las cartas. A su lado, sobre el asiento del pasajero, tenía la caja de cartas que ayudaría a limpiar su nombre.

No quería ser responsable de la ruptura entre abuelo y nieto porque la familia era muy importante, pero no veía que le quedaran muchas opciones. No podía permitir que el afecto que sentía por el señor Voronov se antepusiera al peligroso futuro que podría sufrir su reputación profesional, lo que ocurriría si su trabajo en Edbury Hall se condenaba públicamente.

Encendió el manos libres al ver que la llamada que estaba recibiendo era de Meg. La voz excitada de su cuñada resonó en el coche.

—¡No me puedo creer que tengas uno en el pueblo!

Sybella lanzó una maldición en silencio. Si Meg se había enterado de todo en Oxford, todo el pueblo debía de saberlo ya.

—Utilizamos trampas y redes para atraparlos así —respondió ella con sorna, aunque tenía tantos problemas que no sentía deseo alguno de reír.

—¿Y qué has usado tú? —preguntó Meg—. ¿La red?

—No, la posibilidad de una demanda —susurró Sybella,

tratando de respirar profundamente para tranquilizarse dado que iba conduciendo.

–No creo que ese sea tu principal problema. Veo que Nik Voronov se ha bajado de su barco para pisar tierra firme.

–¿Barco? ¿Qué barco?

–Su súper yate de miles de metros de longitud. Todos los oligarcas rusos los tienen. Viven en ellos.

–¿De dónde te has sacado eso?

–Tengo mis fuentes. Y según me ha dicho un pajarito que vive en el pueblo, los dos echabais chispas anoche.

El pánico se apoderó de ella.

–¿Qué quieres decir con lo de «un pajarito que vive en el pueblo»?

–Syb, lo sabe todo el mundo... Ya he recibido tres llamadas y Sarah estaba llamando en la puerta trasera de la casa de mi madre a las siete de la mañana para preguntar si era cierto que habías tenido relaciones sexuales contra un todoterreno que estaba aparcado en Edbury Hall anoche. Con *un hombre*.

–Bueno, claro que yo tendría relaciones sexuales con un hombre –comentó Sybella con impaciencia, a pesar de que le preocupaba que lo supiera su suegra–. Por supuesto, no es que fuera así, claro. Yo solo estaba... abrazándole... Sarah lleva cinco años cortándome el pelo. Debería conocerme mejor.

–No te estás dando cuenta de lo importante. Para la mitad del pueblo, esta mañana no eres más que una exhibicionista y una fulana... y Sarah piensa lo mismo. Sin embargo, la otra mitad cree que estáis juntos. Creen que es tu novio.

–¿Cómo dices?

–Ahora no es el momento de dejarse llevar por el pánico –le aconsejó Meg–. Ese tipo está en deuda contigo. Después de todo lo que has hecho por su abuelo y ahora va y compromete tu reputación.

–Dudo que él lo vea así –dijo Sybella mientras agarraba con fuerza el volante mientras pensaba cómo iba a explicar todo lo que estaba ocurriendo y lo que se decía de ella a Fleur. Las amigas de la niña eran pequeñas, pero las madres no–. Va a cerrar la casa al público, Meg. Ha venido a decírmelo esta mañana. Me advirtió que no volviera a acercarme a la casa.

–¿Estás diciendo que fue a tu casa?

–Estaba muy enfadado conmigo –dijo Sybella respirando profundamente para evitar sonar tan vulnerable como realmente se sentía–. Hasta entonces, pensé que podría persuadirle de que mantuviera la casa abierta al público, apelar a sus buenos sentimientos.

–Pues te deseo buena suerte con eso –replicó Meg. Entonces, guardó silencio durante unos instantes. A Sybella le dio la impresión de que le había revelado algo de importancia–. Te gusta ese hombre, ¿verdad?

–No, no seas tonta. No es mi tipo en absoluto...

Cuando llegó al Hall, Sybella aparcó y atravesó la explanada de grava deseando poder saltar también por una ventana. Rezaba también para que el señor Voronov estuviera solo en a casa. ¿Y si Nik había oído los chismes que decían que eran novios? Si era así, Sybella no podría volver a mirarlo a la cara, aunque se imaginó que, en el caso de que llegaran a juicio, sería su abogado el que le haría las preguntas...

Muchas cosas dependían de que Nik Voronov fuera razonable. ¡Razonable! Se sentía tan hundida...

La acompañaron al interior de la casa y cuando llegó al salón, pudo escuchar voces masculinas a través de la puerta entreabierta. Las rodillas se le doblaron un poco y sintió la tentación de dejar allí la caja de cartas y salir corriendo.

–Tiene una hija. Lo podrías haber mencionado, *Deda*.

–¿Y cómo sabía yo que eso podría interesarte? –le preguntó el señor Voronov, que sonaba muy divertido.

Sybella se acercó un poco más.

–Tampoco mencionaste al marido.

–Es viuda. Y llevaba poco tiempo casada cuando la furgoneta de ese pobre hombre se chocó frontalmente con otro vehículo. Qué historia más triste.

–Una historia que te has tragado de principio a fin.

Sybella se tensó. Sin embargo, la voz del señor Voronov siguió siendo divertida.

–No te la vas a ganar con tu cinismo, muchacho.

¿Ganársela a ella?

–Soy realista y tú, abuelo, tienes que quedarte quieto o esto te va a doler.

Sybella no sabía lo que se iba a encontrar, pero no se lo pensó dos veces y entró rápidamente en la sala. Le dolía que el nieto del señor Voronov se mostrara tan protector en lo que se refería a los derechos legales del anciano, pero no lo fuera tanto en lo que se refería a su cuidado.

Lo que se encontró no fue a un airado Nik Voronov maltratando a su abuelo, sino al nieto arrodillado delante de la silla del anciano mientras le aplicaba un ungüento en el absceso que este tenía por encima del tobillo.

–Sybella, *moy rebenok*, ¡qué sorpresa! Ven y siéntate. Hoy me está cuidando mi nieto.

–Ya lo veo –dijo ella. No se trataba de ninguna sorpresa. Sybella había llamado para anunciarle que iba a ir a verlo. Por lo tanto, se sentía presa de una encerrona.

Solo Nik parecía tan sorprendido como ella.

–¿Qué está haciendo usted aquí? –le espetó.

–¡Nikolai!

–He traído galletas –replicó ella mostrándole la caja de galletas–. Las has hecho mi suegra y les manda un abrazo.

–¿No las ha hecho usted misma entre lo de limpiar el polvo y pasar la aspiradora? –le preguntó Nik mientras colocaba una gasa por encima de la herida de su abuelo y la sujetaba con esparadrapo.

Sybella se dio cuenta de que se le daba muy bien aquella tarea. No encajaba con la imagen de nieto ausente que ella tenía sobre él. Evidentemente, lo había hecho más de una vez.

–Las habría hecho si me hubiera puesto a cocinarlas a medianoche –dijo–. Mi suegra no trabaja. Yo sí.

Nik se incorporó y Sybella recordó inmediatamente cómo su presencia física era capaz de llenar una habitación. Él era demasiado dominante como para que se pudiera sentir tranquila. Probablemente sería mejor para todo el mundo que él se marchara de allí aquel mismo día. Y muy rápidamente.

Desgraciadamente, no hacía más que pensar en el tacto de las manos de Nik contra su piel, lo delicadamente que le había secado el cabello antes de besarla...

–Nikolka, creo que deberías invitar a Sybella a almorzar.

–No, no. Esa no es la razón de mi presencia aquí –dijo ella precipitadamente, para evitar una situación que sería muy incómoda para los dos–. Solo he venido a traer las galletas y esto –añadió mientras se metía la mano en el bolso–. Son las cartas que usted me envió, señor Voronov, en nombre de su nieto –añadió mientras las dejaba sobre la mesa–. Le agradecería que le enseñara la documentación que le di. Tal vez así fuera más amable con todos nosotros.

Entonces, miró a Nik. En aquellos momentos él se había acercado peligrosamente a ella. Su cuerpo vibraba de tal manera que decidió que lo mejor sería que se marchara de allí.

–Esto demuestra que teníamos correspondencia, al menos con su abuelo, y que todo lo que hice fue completamente legal.

–¿Qué es lo que le has estado diciendo, Nikolka?

–Nada que no tuviera derecho a decir, dado que no tenía ni idea de lo que estaba pasando.

Sybella se acercó y colocó una mano sobre el brazo del señor Voronov.

–Comprendo por qué lo hizo, pero me ha causado a mí muchos problemas y, además, ha disgustado a su nieto.

El anciano cubrió la mano de Sybella con la suya.

–No puedes culpar a un anciano por haberlo intentado.

Sybella no estaba de acuerdo, pero no dijo nada.

–Tiene que solucionar este tema con su nieto, pero, ocurra lo que ocurra con el Hall, seguiré trayendo a Fleur para que lea con usted. Eso no va a cambiar.

Miró furtivamente a Nik. Él parecía estar a punto de decir algo, pero Sybella se irguió y se dirigió hacia la puerta. No podía seguir estando en la misma sala que Nik Voronov.

Casi había conseguido llegar a su coche cuando oyó las pisadas de él a sus espaldas.

–Sybella, tenemos que aclarar algunas cosas.

–No hay nada que aclarar –replicó ella, a pesar de que todo su ser la animaba a escucharle–. No tenemos nada de qué hablar.

Él la miró como si no estuviera de acuerdo.

–Ahora ya lo sabes todo –dijo ella con voz tensa–. Como puedes ver, soy un libro abierto.

–Deja que te lleve al pueblo.

–Soy perfectamente capaz de cuidarme sola, muchas gracias.

–Pues hasta ahora no lo has hecho muy bien –dijo él abruptamente–. Deberías haber hablado antes.

–De acuerdo. Lo tendré en cuenta en el futuro, pero, por si no te habías dado cuenta, estaba pensando en tu abuelo.

Sybella bajó la cabeza cuando un temblor la recorrió de arriba abajo. Sin previo aviso, Nik la abrazó. No fue un gesto invasivo, sino solo como si quisiera demostrarle su presencia. Le resultó tan agradable que se encontró apoyando la cabeza sobre el hombro. Entonces, respiró profundamente sabiendo que tenía que terminar aquel instante. No podía comportarse así con él.

–Me refería a que deberías haber hablado conmigo.

–¿Por qué?

–Porque me gusta salirme con la mía, pero soy humano, Sybella. Podría haberme equivocado en esto. Además, ¿qué se suponía que debía hacer yo? ¿Dejar que todo pasara? Tenía que llegar hasta el fondo. Tengo que ocuparme de mi abuelo.

–No, por supuesto –dijo ella. Se zafó de él y Nik la soltó.

–Debería marcharme –dijo.

Avanzó hacia el coche y abrió la puerta. Él se la sujetó para ayudarla a montarse en el vehículo. Cuando Sybella fue a arrancar el motor, la mano le temblaba.

Nik sabía que eso era por él. Sintió la necesidad de tranquilizarla. No podía soportar verla tan tensa y nerviosa, porque lo único que aquello le provocaba era el deseo de tomarla entre sus brazos. Sin embargo, ella estaba muy avergonzada. Por ello, se limitó a decir con voz ronca:

–Yo te llevaré. Tal y como vas, terminarás chocándote contra un árbol.

Para su sorpresa, Sybella no protestó. Le dio las

gracias en voz baja y salió del coche. Él la acompañó a la puerta del copiloto.

—Tienes muy buenos modales —comentó ella, con gesto tímido—. Supongo que es típico de Rusia.

—*Net*. Es algo propio de mi abuelo.

—Estás muy unido a él, ¿verdad? —le preguntó Sybella cuando los dos estuvieron ya en el coche.

—Él me crio desde que tenía nueve años.

Sybella lo miraba con curiosidad mientras él ajustaba el asiento para acomodar sus largas piernas.

—No lo sabía.

Nik nunca hablaba sobre su infancia ni sobre su relación con su abuelo con nadie, pero había algo en Sybella que lo animaba a bajar la guardia.

—Tenían una casa de verano en el Báltico. Había cerezos a lo largo del camino, por lo que en primavera era como un túnel de pétalos blancos y rosas. En verano, *Deda* me llevaba a navegar por los fiordos.

—Parece una infancia idílica.

—Era un refugio.

—¿De qué?

—Del internado.

—Tenemos algo en común.

—Lo sé —respondió. Nik nombró el elitista colegio femenino al que ella había asistido, pero lo lamentó enseguida porque Sybella volvió a tensarse de nuevo—. Esta mañana he investigado un poco sobre ti.

—¿Investigado, dices?

—Formas parte de la vida de mi abuelo. Tengo que comprobar quién eres.

—Supongo que sí. ¿Y qué has descubierto?

—No te preocupes. No sé nada sobre tu información fiscal.

—No sabía que se pudiera investigar la vida de una persona tan fácilmente.

–Solo sé unos datos básicos que cualquier podría encontrar en las redes sociales.

–Yo no tengo redes sociales.

–No.

–Entonces, ¿cómo...? –preguntó. Entonces, se interrumpió y sacudió la cabeza–. No te molestes. Eres rico y tienes tus métodos.

–Probablemente tú sepas lo mismo sobre mí gracias a Internet.

–Sé que tienes una mina muy grande en los Urales. Lo busqué. Parece un enorme cráter.

–Se ve desde la luna –dijo Nik.

–No te voy a preguntar si tienes algún problema con tu ego –murmuró ella. Por primera vez, un leve gesto le curvó la comisura de la boca.

–No la he excavado yo solo –comentó, tratando de no distraerse demasiado por el repentino deseo que sintió de volver a hacerla sonreír–, pero sí, mi ego es bastante grande.

Ella soltó una ligera carcajada y apartó la mirada. Se había sonrojado ligeramente.

Nik no podía apartar la mirada de ella.

–¿Cómo se llama tu hija?

–Fleur –dijo ella, con la expresión llena de dulzura.

–Es un nombre muy bonito.

–Sí. Es mi pequeña flor.

–¿Cuántos años tiene?

–Cinco y medio.

–No quería asustarla...

–No la asustaste. Simplemente no está acostumbrada a que se levante la voz.

–Sí, me lo merezco.

Sybella lo miró tímidamente y, una vez más, a Nik le dio la impresión de que Sybella no era ni la mitad de dura de lo que fingía ser. O tal vez de lo que necesitaba ser.

–Tu abuelo la está enseñando a leer. Los jueves, cuando hago las visitas a la casa. Después, Fleur y yo tomamos el té con él.

Y él le había prohibido que volviera a la casa. Quiso preguntarle por qué no le había contado aquello antes, pero en realidad sabía que no le había dado mucha oportunidad para hablar.

Recordó todas las duras palabras que le había dedicado desde que se conocieron. Estaba empezando a creer que Sybella Parminter no quería en realidad nada de nadie. Estaba decidida a hacerlo todo sola.

–Sobre lo que dije de la casa... no estoy aquí para estropear la relación que tú y tu hija tenéis con mi abuelo –dijo. Sybella asintió–, pero no puedo consentir que la casa de mi abuelo se convierta en un...

–Parque temático. Lo sé. Te he oído.

Nik sintió un fuerte deseo de tomarla entre sus brazos, pero comprendió que ella no lo tomaría bien

–El señor Voronov habla mucho sobre sus nietos –comentó ella, mirándolo como si estuviera tratando de leer su rostro–. Él... él... parecer muy orgulloso de los dos.

–Posiblemente, simplemente se siente aliviado de que los dos hayamos salido adelante sin infringir ninguna ley o mancillar el nombre de nuestra familia –repuso él con una sonrisa, casi adolescente, que hizo que el corazón de Sybella le diera un vuelco en el pecho–. No es el hombre fuerte que fue. Cuando mi abuela murió, fue algo repentino e inesperado. Todos nos quedamos a la deriva. De la noche a la mañana, *Deda* pasó de ser un hombre que se adaptaba a cualquier cosa a lo que es ahora, un ser temeroso e infeliz, muy encerrado en sus costumbres.

Sybella sabía que el anciano podía ser muy difícil.

–El señor Voronov me ha hablado de su esposa.

–*Baba* lo era todo para él –dijo Nik. Sybella, al ver la expresión de tristeza que atenazaba su rostro, pensó que tal vez también para su nieto.

–¿Por qué decidió venir precisamente aquí?

–Su salud requería visitas a una clínica de Londres. No me quedó más remedio que ceder a su deseo de no vivir en la ciudad. Estaba en el hospital cuando me mostró un ejemplar de *Country Life* y me señaló una fotografía de Edbury Hall. Yo no estaba en posición de negarme.

–Pero ahora te gustaría haberlo hecho.

Nik permaneció en silencio durante un instante y luego dijo:

–No, las cosas han cambiado desde que llegué ayer. Ya no está todo tan claro.

Sybella se dijo que no se estaba refiriendo a ella, pero le resultaba difícil mantener la mirada cuando Nik la miraba de ese modo. Él observó la timidez que ella se esforzaba tanto por ocultar en sus rasgos, pero que la inquietud de las manos sobre el regazo se encargaba de revelar.

–Supongo que no nos vamos a quedar aquí sentados todo el día –dijo ella–. ¿O acaso es esa tu intención?

Nik se echó a reír. Sybella pareció sorprendida, como si el hecho de que él mostrara su alegría le resultara escandaloso. ¿De verdad había causado una impresión tan mala en ella?

–¿Adónde quieres ir?

Nik esperaba que ella dijera que a trabajar, pero ella le sorprendió.

–Tengo una hora libre antes de que tenga que ir a recoger a Fleur. ¿Por qué no vamos a dar un paseo en coche?

Se había vuelto a sonrojar. Nik sabía que no podía empezar nada con ella, pero no haría mal alguno ir a dar un paseo en coche.

–Claro, ¿por qué no? –replicó él. Arrancó por fin el coche.

Sybella le indicó que se dirigiera al bosque de Lynton Way y allí aparcaron bajo los robles. Ella salió y los dos echaron a andar por el sendero que recorría las verdes colinas.

Sybella empezó a explicarle los usos que el pueblo tenía para la finca y él la escuchó atentamente.

–Hacemos visitas guiadas los jueves por la tarde. Los fines de semana, el público puede entrar para visitar el ala oeste. El club de ponis utiliza el terreno que rodea la casa una vez al mes para una gymkana. Hasta ahora, no hay nada más. No tiene impacto alguno sobre la vida privada de tu abuelo en la casa. De hecho, a menudo aparece sin que lo esperemos para hablar él mismo a los turistas.

–Lo que me interesa más es el beneficio económico de tu pequeña organización.

–Heritage Trust es una organización benéfica. El dinero que se pueda recaudar, va para el mantenimiento de la casa, no se lo queda nadie. Todos somos voluntarios.

–¿Cómo empezaste a trabajar con ellos?

–Tengo una licenciatura y un diploma en Gestión de Archivos que me saqué cuando Fleur era más pequeña. Necesitaba experiencia de trabajo y el Heritage Trust era lo único disponible en esta zona, así que me presenté para trabajar como voluntaria. De eso hace tres años.

–No debió de resultarte fácil con un bebé.

–No –respondió ella tímidamente. Resultaba agradable que reconocieran sus méritos. Animada por la conversación, se decidió a seguir con asuntos más espinosos–. Conocí a tu abuelo cuando el Trust se dirigió a él para que abriera la casa al público. Él sintió una inmediata antipatía por nuestro presidente, pero con Fleur, que venía conmigo, fue todo lo contrario y nos invitó a las dos a tomar el té. Ahora, yo hago las visitas guiadas para estudiantes los jueves y después tomo el té con tu abuelo. Se ha convertido en una especie de ritual entre nosotros.

–Habla mucho sobre ti.

–Espero que sean cosas buenas...

–Buena es la palabra. Quiere que siente la cabeza con una buena chica.

Sí, ya había visto en Internet las buenas chicas con las que él se relacionaba.

–Lo que ocurre, Sybella, es que yo trabajo mucho –dijo él inesperadamente–. No tengo tiempo para invertirlo en la vida de nadie. Y salgo con mujeres que comparten mi punto de vista.

Sybella no hacía más que asentir porque no comprendería por qué él le estaba contando todo aquello.

–A mi abuelo no le gusta –dijo él secamente.

–Le gusta mucho estar con Fleur y tiene mano para los niños. Supongo que desea tener nietos.

Fue entonces cuando todo encajó a la perfección.

–Oh, no...

–Exactamente. ¿No sabías nada?

–No se me había ocurrido.

–Tú encajas con sus criterios –comentó Nik con una ligera sonrisa–. Me dijo que tú sabes cocinar, limpiar y que serías una madre estupenda para nuestros hijos.

Pero no para los de Nik. Él buscaba mujeres hermosas que no estuvieran buscando... una inversión. Eso era la antítesis de los sentimientos.

Él estaba hablando sobre los criterios de su abuelo. ¿No pensaría Nik que ella también quería pescarlo?

–¡Anoche no estaba esperándote en el jardín porque me lo dijera tu abuelo! –se apresuró a decirle.

–Me alegra saberlo.

–Hay un pequeño problema del que debería alertarte antes de que nos separemos –le dijo con tanta dignidad como pudo reunir–. Después de lo de la otra noche, mucha gente del pueblo piensa que eres mi novio.

–¿Novio?

Sybella sintió que se ruborizaba. Seguramente, aquel era uno de los momentos más vergonzantes de su vida.

–No es lo que piensas. Yo no le he dicho nada a nadie.

–No estaba pensando eso –repuso él lentamente.

–La otra noche en el Hall, cuando me tenías entre tus brazos, algunos miembros del comité se hicieron una idea equivocada –dijo ella. Lo miró mientras se mordía el labio inferior–. Terminará pasando, pero pensé que deberías saberlo.

Nik hizo lo que pudo para evitar una sonrisa. Se aclaró la garganta.

–La gente a veces saca unas conclusiones descabelladas...

–Lo sé... es una locura, ¿verdad? Además, hay otra cosa.... En esta zona, no hay muchas oportunidades de trabajo en mi campo y mi currículum no es tan extenso como me gustaría. Si se llega a saber lo que has sugerido que he conseguido abrir la casa bajo falsas pretensiones y que luego vienes tú y la cierras, no me va a contratar nadie. Nunca.

–Entiendo.

–La reputación es muy importante en este negocio.

–Claro.

–Si fueras tan amable como para no presentar cargos contra mí...

–Sybella, no disponía de toda la información que necesitaba. No voy a hacer que tu vida sea ya más difícil de lo que es.

–Oh... Gracias... No eres tan fiero como quieres aparentar, ¿verdad?

En aquella ocasión, fue él quien se quedó perplejo.

–No quería ofenderte –se apresuró ella a añadir–, pero puedes resultar bastante intimidante. Supongo que es porque eres tan grande

–Bueno, ya está –dijo Nik. No creía que ella supiera lo adorable que resultaba cuando empezaba a hablar sin sentido, como si pudiera herir sus sentimientos y a ella le preocupara que se ofendiera–. También tengo bastante influencia en el mundo financiero. Te sorprendería.

–Supongo que sí –dijo ella sonrojándose–. Debería ponerme a ello.

Casi sin darle importancia, Nik enredó un dedo en uno de los rizos de Sybella y luego lo soltó. Fue un gesto íntimo, tocándola pero sin tocarla del todo, lo que le hizo pensar a Sybella en cuando sí se tocaron y se besaron.

–No, no hagas eso... Quédate como estás.

–Demasiado alta, demasiado respondona, demasiado gorda –le espetó ella.

Dios. ¿De dónde había salido todo aquello? Para un hombre, no había nada más atractivo que una mujer que menospreciaba su aspecto.

–Lo siento –se apresuró a decir–. No sé por qué he dicho eso. Supongo que todas esas mujeres con las que sales no hablan de su físico porque son tan bellas que ni siquiera se les ocurre.

Sybella respiró profundamente y miró con incredulidad hacia el horizonte.

Se produjo un incómodo silencio. Sybella decidió que sería mejor mirar el reloj.

–¡Dios! ¿Es esa hora? Tengo que recoger a Fleur del parque. Tiene una fiesta de cumpleaños mañana con sus amigas. Va a llevar un pastel y aún no he comprado los ingredientes.

Sybella no esperó a que él respondiera. Empezó a dirigirse hacia el coche a toda prisa

—No te importa que conduzca yo, ¿verdad?

Nik caminaba lentamente, como si estuviera burlándose de aquella retirada tan desesperada. Ella se montó en el coche y esperó, completamente horrorizada. Aunque Nik le había dicho que ella no era su tipo, sabía ya, como si no lo hubiera sospechado ya antes, que a Sybella le gustaba.

Capítulo 7

SYBELLA se sentó en el sofá con las piernas cruzadas mientras observaba los curiosos ojos del conejo de su hija.

—He cometido todos los pecados posibles —le dijo a Dodge, el conejo—. He dejado al descubierto todas y cada una de mis debilidades delante de Nik Voronov. Es como si le hubiera dicho que nadie, a excepción de la lavadora, me ha visto la ropa interior desde hace seis años.

Se respondió a sí misma con una pregunta.

—¿Puedes ser más concreta, Syb?

—Le dije que estaba muy sola y muy gorda, además de bastante desesperada.

—¿Y por qué hiciste algo así?

—Porque él probablemente sale con diosas y su abuelo quiere que salga conmigo. Básicamente, él me dijo que eso no iba a ocurrir nunca y... bueno, me volví loca.

—Bueno, te vuelves un poco loca con la luna llena.

—No creo que fuera la luna llena, aunque dado que, además de estar hablando con un conejo, le estoy poniendo voz para que me responda, todo podría ser. Y ahora ni siquiera estoy hablando con el conejo, sino conmigo misma. Estoy como una cabra.

—Yo no diría eso —dijo una voz profunda. Sybella estuvo a punto de caerse del sofá.

De pie junto al umbral del recibidor, estaba su dios vikingo.

–¿Cómo has entrado aquí?

–Dejaste la puerta principal abierta y oí voces. Utilicé ese timbre que tienes. ¿Sabes que no funciona?

Sybella sintió que tenías las mejillas ardiendo, principalmente porque él la había sorprendido haciendo el idiota. Delante de la única persona del mundo que ya no podía tener peor opinión de ella.

–Lo siento, pero no puedes entrar en mi casa así –dijo. Se levantó con mucho cuidado para no asustar a Dodge, que estaba sentado sobre los cuartos traseros mirando a Nik en estado de alerta.

–Pero si hasta te disculpas con los que entran en tu casa sin ser invitado –replicó él–. ¿Es un conejo de verdad?

–Se llama Dodge y es la mascota de mi hija. Hay otro por aquí, así que no levantes la voz

–Yo no quiero asustar a las criaturitas del bosque –dijo él bajando la voz y mirando a Sybella de una forma que le hizo pensar a ella que la estaba incluyendo en el grupo.

Entonces, cerró la puerta del salón muy suavemente y, de repente, la estancia pareció muy pequeña.

–¿Qué estás haciendo aquí?

–He venido a despedirme. Me marcho por la mañana.

Sybella sintió una profunda desilusión. Nik se marchaba.

–Vaya...

Él llevaba puesto una camiseta y unos vaqueros, el atuendo más informal con el que le había visto. Sin embargo, en él, parecía uno de esos anuncios de revista donde el modelo miraba sugerentemente a la cámara, exudando masculinidad, y normalmente con una motocicleta a sus espaldas. Sí, Nik Voronov parecía haber salido de las páginas de una revista para trasladarse a su salón. Y había ido a despedirse.

–He leído tu propuesta sobre la apertura de la casa del guardés como centro de recepción a los visitantes a la casa y a la finca.

Sybella estaba tan perdida en la desilusión que sentía que casi no oyó lo que él le decía.

–Me parece una idea excelente. Estoy dispuesto a hablar de ello.

¿En aquel instante? Estupendo. Se quedaba, al menos para hablar del Hall. Sybella se recriminó su actitud. Tenía que recuperar la compostura y comportarse como era debido cuando estuviera con él.

–La verdad es que el viejo me está presionando...

Aquello no era lo que Sybella había esperado escuchar y la ayudó a borrar todas las tonterías que tenía en la cabeza. Nik necesitaba su ayuda. Él se colocó una mano sobre la nuca, el gesto universal con el que un hombre admitía que estaba dispuesto a dejar las armas. Eso decía mucho sobre los sentimientos que tenía hacia su abuelo.

–Lo quieres mucho, ¿verdad?

–Es mi abuelo –admitió él encogiéndose de hombros–. Me gustaría hablar contigo sobre él, algo personal. ¿Me puedo sentar?

Sin esperar que ella respondiera, Nik se sentó en el sillón, que estaba colocado en oblicuo con el sofá que Sybella ocupaba. Él se inclinó hacia delante y apoyó los antebrazos sobre las rodillas, observándola atentamente con su mirada gris.

Sybella llevaba veinticuatro horas teniendo fantasías románticas sobre aquel hombre, por lo que tenerlo en carne y hueso en su pequeño salón, equivalía a que una de ellas se hubiera hecho realidad.

–¿Dónde está tu hija?

–Su tía Meg ha venido a pasar el fin de semana, por lo que se ha ido a dormir con ella en la casa de mis suegros. Viven al otro lado del pueblo.

Algo se reflejó en la mirada de Nik. De repente, Sybella pudo escuchar perfectamente los latidos de su propio corazón.

—¿Ibas a decirme algo... personal sobre tu abuelo y tú? —le preguntó, consciente de que su voz sonaba casi sin aliento.

Nik le dedicó una media sonrisa como si estuviera reconociendo la ironía de aquella situación.

—Así es. Empieza con mis padres, Darya y Alex. Fueron novios desde la infancia y llevaban juntos mucho tiempo cuando se separaron un año aproximadamente. Mi madre se quedó embarazada de mí. No debía de tener muy buena opinión del tipo en cuestión, porque reanudó su relación con Alex y a él, aparentemente, no le importó considerarme como hijo suyo.

Sybella no supo qué decir.

—No tengo recuerdos de mi madre. Ella sufría una rara enfermedad del riñón y murió cuando yo aún era un bebé. Mi padre me crio solo hasta que se volvió a casar. Me dijeron que fueron unos años muy buenos. Yo vivía en los decorados de las películas, pero estamos hablando de Rusia. Alex siempre utilizaba a la misma gente y los del equipo eran como una gran familia. Cuando yo tenía cinco años, mi padre me trajo a una madrastra muy guapa y varios meses después vino mi hermano pequeño, Sasha. Estoy seguro de que has oído hablar de él.

—Tu abuelo lo menciona de vez en cuando. Parece que está bastante en el ojo público.

—Mi hermano pequeño es famoso por sus películas y sus fiestas, no siempre en ese orden —respondió Nik con mucho afecto, tal y como le había ocurrido cuando habló de su abuelo.

—Sasha tenía cuatro años cuando nuestro padre se resbaló mientras hacía una toma en Turquía. Buscaba el encuadre perfecto para una escena que estaba grabando. Siempre corría riesgos. Mi hermano se parece mucho a él.

La expresión de Nik parecía transmitir que no consideraba que aquello fuera necesariamente algo positivo.

—Yo fui a vivir con mis abuelos después de la muerte de Alex. Mi abuelo era un empresario de éxito. No sé si te ha hablado de esa parte de su vida.

—No. Principalmente, hablamos de la familia y de los libros.

—Sus temas favoritos —dijo Nik. La observaba atentamente y ella no podía culparlo. Muy rápidamente, Sybella se estaba convirtiendo en la depositaria de todos los secretos de la familia Voronov.

—Te aseguro que no soy indiscreta, Nik. No pienso hablar de esto con nadie.

Él sonrió.

—No te estaría contando todo esto si pensara que fueras a divulgarlo. Te cuento todo esto, Sybella, porque parece que mi abuelo te aprecia mucho y me ha contado lo buena que has sido con él. Anoche me porté mal y no quiero marcharme de aquí mientras tú piensas lo peor de mí.

—Eso no es así —dijo ella—. Ya he podido comprobar lo unidos que estáis.

—Yo le debo mucho —afirmó Nik—. Supe cuánto cuando, con quince años, necesité una transfusión de sangre y ni mi abuelo ni mi abuela podían ayudarme. Entonces, se sentaron conmigo y me contaron la verdad. Yo no era su nieto.

—En realidad sí lo eres —replicó Sybella sin poder contenerse. Luego se sonrojó—. Lo siento, sé que no hace falta que yo te lo diga.

—No pasa nada —observó él con una sonrisa—. Así que ya ves, tenemos algo en común.

–¿Has intentado localizar a tu padre biológico? –preguntó. Entonces, se sintió muy avergonzada–. Lo siento, es una pregunta demasiado personal. No tienes por qué responderme.

–No, no lo conozco. Tengo su nombre, pero no he hecho nada al respecto. No sé si lo haré alguna vez. ¿Y tú? ¿Has buscado a tus padres verdaderos?

–Según el Registro, mi padre es desconocido y mi madre era una estudiante que me dio en adopción –respondió Sybella–. Nos reunimos cuando cumplí los veintiún años. Ella vino a mi boda y se acuerda de mandar a Fleur tarjetas por su cumpleaños. Algo es algo. Creo que le cuesta mantener relaciones con la gente. Parece que ha llevado una vida muy difícil.

–Siento haber hablado del modo en el que lo hice sobre tus padres adoptivos la otra noche –dijo él–. No debería haber dicho lo que dije.

–No pasa nada. Ya está olvidado.

Nik la miraba fijamente. La intimidad que las confesiones mutuas había creado entre ellos le parecía a Sybella los primeros pasos de una amistad que parecía estar empezando entre ellos.

–Menuda pareja somos –dijo él.

Sybella bajó la mirada. De repente, se sintió muy tímida.

–Lo que espero estar transmitiéndote es que mi abuelo me ha ayudado en circunstancias muy difíciles cuando yo era niño, igual que mi abuela. Les debo mucho a ambos. Sé que tal vez últimamente no he estado muy pendiente de mi abuelo, pero quiero que sepas que él está en buenas manos y por qué.

Sybella parpadeó rápidamente porque estaba empezando a sentir que los ojos se le llenaban de lágrimas.

–Vi antes lo unidos que estáis –susurró mientras se secaba los ojos–. Siento si pareció que yo implicaba

otra cosa. Evidentemente, no tenía la información necesaria para poder opinar y tú no tenías obligación ninguna de decirme nada. Es decir, no nos conocemos.

–Me gustaría conocerte mejor –dijo él. De repente,
su acento ruso sonó más fuerte y Sybella estuvo a punto
de caerse del sofá.

«¿De verdad? No seas estúpida. No se refiere a conocerte de ese modo».

–A mí también. ¿Te puedo ofrecer algo para comer?
Iba a prepararme la cena. ¿Te apetece?

Nik no lo dudó a pesar de que ya había cenado con
su abuelo.

–Sí, me encantaría.

Cuando ella se inclinó para ponerse las zapatillas, sus
senos se movieron suntuosamente contra la camiseta que
llevaba puesta, dándole a Nik una gloriosa visión sobre
lo generosa que la Madre Naturaleza había sido con ella.

–La cocina está por aquí –dijo ella mientras se ponía
de pie como si nada extraordinario acabara de ocurrir.
Con una tímida sonrisa, le indicó que la siguiera.

Y Nik así lo hizo.

Centró la mirada en la rotundidad de las caderas
bajo la suave tela del pantalón deportivo que ella llevaba puesto. Nunca se había considerado un conocedor
del trasero femenino, pero, en aquellos momentos, veía
los beneficios de una mujer que tuviera curvas. De hecho, estaba prácticamente hipnotizado por aquel dulce
contoneo.

En la cocina, ella tenía una botella de vino español
sobre la encimera.

–¿Puedes sacar las copas? Están en ese armario de
ahí –dijo ella mientras comenzaba a sacar los ingredientes para su receta.

Poco a poco, la cocina empezó a oler deliciosamente
por lo que ella estaba cocinando.

Vagamente, recordó que su abuelo había mencionado las habilidades culinarias de Sybella y tuvo que admitir que Sybella conseguía que resultara sexy que una mujer fuera competente en la cocina.

Nunca llevaba a cabo rutinas domésticas con las mujeres. Tenía chef o comía fuera. Su madrastra era alérgica a todo lo que no se cocinara en un restaurante y hasta que sus abuelos entraron en su vida, nunca había tomado comida casera. Por ello, en lo más profundo de su ser, asociaba la cocina casera con la estabilidad y el amor de sus abuelos. Estaba disfrutando mucho viendo cómo Sybella cocinaba.

–Entonces, ¿trabajas en el ayuntamiento?

–Sí –contestó Sybella mientras picaba las verduras y le dedicaba una tímida sonrisa–. Soy archivista adjunta. Me podrás encontrar en el sótano con todos los expedientes más polvorientos. Estamos digitalizando muchas cosas, pero la mayoría de lo que manejamos son los documentos originales.

–¿Y el pasado te interesa?

–Me gusta la permanencia –afirmó ella mientras dejaba el cuchillo–. Me reconforta saber que diez generaciones han vivido aquí, en esta casa. Aquí ha nacido y ha muerto gente, se han casado en los jardines de esta casa, han sufrido, han triunfado y han soñado dentro de estas paredes. Me gustan las cosas antiguas y el modo en el que se empapaban de las vidas de las personas que han vivido con ellas.

Nik recordó que ella le había dicho que había sido adoptada y que la habían devuelto de modo que sus padres adoptivos jamás habían formado parte de la vida de su hija.

Aquello era importante para ella. Lo había pasado mal de niña y, evidentemente, había conseguido crear un hogar para su hija. Había echado raíces.

–¿Qué planes tenías para el Hall antes de que yo lo comprara?

Ella lo miró muy sorprendida.

–¿Cómo has sabido...? Me has llevado delantera desde el principio, ¿verdad? –comentó ella muy sorprendida.

–No resulta difícil imaginárselo.

–Bueno –replicó ella mientras comenzaba de nuevo a picar los ingredientes–, aparte de convertir la casa de los guardeses en un centro de recepción de visitantes, estábamos planeando crear días en los que la gente pudiera venir a disfrutar de un picnic en los jardines, pero eso fue con el antiguo dueño. Un estadounidense, como podrás imaginar.

–¿Quieres decir que un ruso no es lo suficientemente aventurero como para saber disfrutar del patrimonio inglés?

–No, no –repuso ella riendo. Aquel sonido dejó a Nik sin palabras. Nunca antes la había oído reír–. Lo que quiero decir es que sabía el valor de un dólar. Edbury podría ser un negocio que dejara bastantes beneficios.

–Eso no se puede hacer. A *Deda* le encanta.

Sybella dejó el cuchillo sobre la encimera.

–Dios mío, no. No me has entendido. Eso no fue idea mía. Fue idea de tu abuelo.

–*Prostit?*

Sybella se mordió el labio. Le estaba empezando a gustar mucho que él le hablara en su idioma.

–El señor Voronov ha estado investigando lo que hacen en otras casas como esta. Hemos estado hablando de lo que se podría hacer en Edbury Hall. Aferrarse a la historia de esta casa para transmitirla a futuras generaciones –dijo ella. Bajó los ojos porque no estaba segura de cuál iba a ser la reacción de Nik–. Todos queremos mantener la casa históricamente intacta para las generaciones futuras y, para serte sincera, Nik, creo que le ha dado a tu abuelo una razón para levantarse por las mañanas.

Nik se cruzó de brazos.

—¿Por qué no me hablas de tus planes?

—¿De verdad?

Las miradas de ambos se cruzaron, pero ella bajó la suya primero. Siguió de nuevo picando con enorme brío.

—Por supuesto, habría que prepararlo todo muy bien. Hay ordenanzas municipales que habría que cumplir, por no hablar del incremento del tráfico en la carretera de la zona. No queremos que el pueblo se vea invadido de turistas. Ya vienen muchos en verano. Todo el mundo quiere ver esta zona tan pintoresca, que parece sacada del periodo de entreguerras, con sus estrechas carreteras y casa de tejado de paja.

—Y eso lo dice la mujer que vive en una de esas casas.

Sybella sonrió y Nik sintió una extraña sensación en el pecho. Aquella hermosa mujer, que había derramado lágrimas cuando él le habló de sus padres y que se había disuelto entre sus brazos la otra noche, le estaba sonriendo mientras le preparaba la cena.

Aquellos ojos permanecieron prendidos a los suyos y, de repente, Nik solo fue consciente de las consecuencias que tenía haber estado con ella durante las últimas veinticuatro horas y que se le estaban manifestando en aquellos momentos contra la bragueta.

—Ten cuidado —le dijo mientras le colocaba una mano sobre la suya, justo donde ella había estado troceando una manzana.

Sybella miró y vio que había estado a punto de cortarse el dedo.

–No estás prestando atención –le recriminó él mientras le acariciaba el dedo con su pulgar.

–No... Es cierto –susurró ella con una delicada sonrisa.

Sus ojos castaños miraban los de él tímidamente, pero con un anhelo sexual muy tangible. Después, pasó a mirar la boca y su intención quedó tan clara que Nik le quitó el cuchillo de la mano y esperó a que ella volviera a cruzar la mirada con la de él.

Nik no había planeado insinuársele. Tan solo había querido disculparse y explicarse con ella, pero la tentación de volver a verla había sido demasiado fuerte.

Sybella había bajado los ojos y él pudo estudiar su rostro, el grosor de sus labios, la suave curva de las mejillas. Era encantadora.

El calor de la sartén había hecho que se le ruborizaran las mejillas y habían rizado aún más su rubio cabello, sobre todo los mechones que se le habían escapado del recogido que llevaba sobre la nuca. El aroma del romero y del laurel, el del aceite de oliva, impregnaba los dedos de Sybella y él no podía dejar de imaginarse como aquellos dedos le acariciaban la piel.

Deseaba colocarla sobre la encimera, tumbarla entre sus ingredientes y asaltar aquellos labios hasta que Sybella fuera suya.

–¿Así que tu hija va a dormir fuera? –dijo antes de que pudiera contenerse.

Sybella asintió. No se había atrevido a hablar. Sabía muy bien lo que significaba aquella pregunta. Decirle que seguramente había un cincuenta por ciento de posibilidades de que Meg la llamara sobre las once para que fuera a recoger a Fleur porque la niña quería volver a casa seguramente acabaría abruptamente con lo que estaba surgiendo.

Estaba segura de que podría mantener aquellas dos

mitades de su vida separadas por una noche. Nik se marcharía al día siguiente y ella volvería a su rutina de siempre.

No quería pensar en el mañana. Solo deseaba pensar en lo que se le ofrecía.

Se apartó de él abruptamente y fue a apagar el fogón. Podría disfrutar de aquello al menos una vez. Con un hombre muy guapo. Nadie tenía por qué saberlo...

Sintió que se le cortaba la respiración cuando Nik le rodeó la cintura con una mano y la obligó a darse la vuelta. Entonces, él le colocó un dedo sobre la mejilla y le apartó un mechón de cabello.

Sybella miró la pasión que se reflejaba en aquellos ojos y dijo:

–Tal vez podamos saltarnos la cena...

Capítulo 8

SYBELLA le tomó la mano y deslizó los dedos a lo largo de los de él. Nik se la apretó con la suya y dejó que Sybella lo guiara fuera de la cocina hasta el pie de la escalera.

Vio que ella dudaba un instante. Entonces, él decidió tomarla en brazos. Sybella protestó ligeramente diciendo que pesaba demasiado, pero Nik ya había empezado a subir la escalera y lo miraba como si ningún hombre se hubiera portado así con ella. Sus dudas, el modo en el que lo miraba... todo le decía que aquello no era algo habitual en su vida.

La puerta del dormitorio quedaba justo enfrente de las escaleras y estaba abierta. La cama, a pesar de ser doble, no parecía demasiado grande, pero él la dejó sobre ella de todos modos para valorar si había sitio para lo que tenían previsto hacer.

–Déjame... –susurró ella antes de que Nik la besara.

Se había puesto de rodillas y había empezado a quitarle la camiseta. A él le sorprendió que se mostrara dispuesta a tomar la iniciativa dado el nerviosismo inicial, pero no se quejó. La ayudó a quitarse la camiseta y luego la tiró por encima del hombro.

–Voy a hacerlo... –dijo ella.

Nik no pensaba protestar. Sybella le deslizó los dedos por el torso, explorando la definición de los músculos bajo la piel hasta llegar a la uve que se le formaba bajo el tenso abdomen para desabrocharle el botón de los pantalones.

La respiración de Nik se aceleró mientras veía cómo ella exploraba con delicados dedos. Su tacto era muy ligero y su rostro parecía haberse transportado a otro mundo...

–¿Te gusta? –le preguntó ella mientras deslizaba la mano por debajo de los botones y lo miraba a los ojos.

–Sí –respondió él. Al sentir que ella deslizaba lentamente la mano sobre la columna de su masculinidad, tragó saliva.

Nik contuvo el aliento y se quedó completamente inmóvil, con los ojos en blanco, mientras ella lo exploraba con la mano. Entonces, ella sonrió y apartó la mano para empezar lentamente a moverla sobre la bragueta del pantalón y abrirla así por completo.

–¿Estás tratando de matarme, *dushka*? –preguntó él con voz ronca.

–Eso no serviría de nada para nuestro propósito, ¿no te parece?

De algún modo, la combinación de la tímida sonrisa y los ávidos ojos mientras ella le bajaba los pantalones llevándose los calzoncillos a la vez, tuvo el mismo efecto que la mano sobre la erección.

Sybella se acercó a él midiéndole con la mirada y bajó la cabeza. El cabello se le deslizó sobre su rostro como si fuera una cortina y, entonces, comenzó a lamerlo desde la base hasta la punta.

Nik contuvo la respiración y se agarró con fuerza a la colcha para tratar de contenerse. Estaba a punto. Solo ver lo que ella estaba haciendo sería suficiente para hacerle perder el control.

Se había mostrado tan tímida. No había esperado aquello... una diosa del sexo.

Trató de controlar las sensaciones que ella le iba

produciendo con la rosada lengua, con el roce de los
gruesos labios y, después, cuando se lo introdujo en la
boca... Nik no sabía si iba a poder soportarlo y suavemente se separó de ella y la hizo tumbarse en la cama.

Sybella estaba allí tumbada, sonriéndole como si
hubiera conseguido algo de lo que estaba muy orgullosa, con los ojos brillantes y la boca húmeda. La respiración se le aceleró un poco cuando él le introdujo un
dedo por el escote de la camiseta de algodón y luego
fue bajándosela hasta el valle de sus senos.

Nik fue a quitarle la camiseta, pero ella se lo impidió.

—La luz... —dijo, parpadeando nerviosamente como
si temiera que él fuera a decir que no—. Me da en los
ojos... ¿No podemos apagarla?

Solo un idiota sería capaz de discutir con ella en
aquel momento. Se levantó de la cama para apagar la
luz. Sybella mientras tanto encendió la de la mesilla de
noche. La habitación quedó sumida en las sombras y
Sybella bañada por una ligera luz color caramelo. Tenía
un aspecto felino y posiblemente era la criatura más
sensual que había visto nunca.

—¿Hay algo más que quieras hacer? —le preguntó
mientras se tumbaba sobre la cama junto a ella.

Le deslizó las manos por las caderas y detrás de la
curva del generoso trasero y notó una ligera tensión.
La hizo desaparecer besándola apasionadamente, devo-
rando la dulce boca con la que llevaba soñando las últimas veinticuatro horas.

Le levantó por fin la camiseta y se la quitó. Ella llevaba un sencillo sujetador bordado con florecitas y con
su cabello rubio cayéndole por encima del hombro le
parecía la mejor de sus fantasías.

—*Bogu,* eres muy hermosa... —susurró mientras le
retiraba un tirante del sujetador.

—¿De verdad?

–Preciosa...

Trató de inyectar a sus palabras parte de la reverencia que ya sentía, pero no le resultaba fácil cuando lo único que quería hacer era tumbarse sobre ella como un adolescente hambriento de sexo que no hubiera estado en toda su vida junto a una mujer desnuda.

–Eres una diosa del sexo...

Sybella respondió rodeándole el cuello con los brazos y estrechándole contra su cuerpo. Mientras las bocas de ambos se fusionaban, Nik se sintió tan solo como un hombre torpe por el deseo, no el hábil seductor que solía ser siempre.

Le deslizó la boca por la garganta y le lamió el escote sintiendo cómo ella temblaba de deseo y anticipación. Le soltó el broche del sujetador y luego, con adoración, fue retirando delicadamente las copas de aquellos senos que tanta veneración merecían.

Se tomó tiempo para mirar y notó que ella le observaba. Después, tomó un pezón entre los labios y comenzó a lamerlo. Ella gimió de placer y se retorció de gozo debajo de él. Entonces, Nik dedicó su atención al otro pecho, lamiendo y succionando, mientras escuchaba los suspiros y los pequeños ruidos que realizaba.

A continuación, Nik le bajó los pantalones e hizo lo mismo con las braguitas de raso. Sybella se quedó temblando. Era como la naturaleza le había hecho, con el suave vello entre los muslos, y que a Nik le pareció lo más hermoso que había visto nunca.

Trazó la línea del sexo con el dedo índice y ella gimió de placer. Entonces, Nik se inclinó para besarla allí y así poder inhalar el poderoso aroma de una mujer excitada. La lamió sin previo aviso una y otra vez hasta que ella gritó y comenzó a sentir el primer orgasmo. Nik no se detuvo, siguió y siguió hasta que ella se convulsionó y se tensó por última vez.

Cuando levantó la cabeza y la miró, vio que Sybella tenía los ojos medio cerrados, con el cabello extendido en torno a la cabeza. Ella le dedicó una soñadora sonrisa que lo llenó de satisfacción.

–Eres como un tarrito de miel –le dijo mientras la besaba en el vientre, donde ella estaba más blandita y tenía las marcas de las estrías, algunas de las cuales no se habían difuminado todavía y ya seguramente no lo harían nunca.

Sybella lo observaba entre las pestañas. No le importaba tener estrías, dado que se las había dado su hija. Él las trazaba con la lengua mientras le besaba de nuevo el vientre y se tumbaba sobre ella. Sybella lo abrazó y le deslizó las manos por el torso, acariciándole los hombros. No se cansaba de su cuerpo.

–¿Estás contenta?

–No del todo –dijo ella con una tímida sonrisa.

–Veo que aún me queda trabajo por hacer... ¿Qué es lo que podría desear ahora mi dama?

Nik se la colocó entre las piernas y, durante un instante, Sybella tuvo la deliciosa sensación de estar justo donde deseaba con el hombre adecuado.

Había visto el cuerpo de Sybella en toda su opulenta belleza y ella estaba empezando a pensar que tal vez la incomodidad que había sentido con Simon no había sido solo por ella, porque, hasta aquel momento, no había deseado en ningún instante cubrirse con la sábana. Nik no dejaba de devorarla con la mirada.

Notaba que él estaba erecto e impaciente y que se frotaba sin parar contra ella... Sybella levantó la pelvis para unirse más íntimamente a él, pero Nik se retiró.

–¿Dónde vas? –le preguntó ella con incredulidad.

–Tengo que ponerme un preservativo.

Sybella se dejó caer de nuevo sobre el colchón y dio las gracias porque al menos uno de ellos estuviera utilizando la cabeza. Nik sacó un par de preservativos de la cartera.

–Veo que estabas muy confiado...

–Tenía mis esperanzas.

–Date prisa –lo animó ella.

Nik descubrió que las manos le temblaban ligeramente mientras se colocaba el preservativo. Entonces, Sybella se incorporó para ayudarlo.

–De verdad quieres matarme –dijo él entre dientes.

–Bueno, como te dije antes, eso terminaría con nuestro propósito –replicó ella con una sonrisa,

Le deslizó las manos por las caderas y se puso sobre la cama de rodillas para luego rodearle los hombros con los brazos. Nik le cubrió las nalgas con las manos y disfrutó de la suavidad de su piel y de la voluptuosidad de su cuerpo.

Nik lanzó un gruñido y no esperó más. El tamaño de su miembro la paralizó durante un instante. Después, mientras él le besaba el cuello, suspiró de gozo y comenzó a besarlo. Nik no tardó en romper el beso para centrar su atención en los senos.

La colocó con sus enormes manos y volvió a hundirse en ella una y otra vez. Cuando pensaba que ya no podría seguir conteniéndose, Sybella alcanzó el orgasmo y su intensidad lo empujó a él también hacia el clímax. Tardó mucho en recuperar el pensamiento consciente y, cuando lo hizo, vio que los dos estaban tumbados sobre la cama, el uno junto al otro.

–Vaya... menuda experiencia –susurró ella.

–*Da*... ni que lo digas...

Demasiado rápido, demasiado urgente... sencillamente sensacional. Nik se sintió agradecido y asombrado y deseaba volver a emprender aquel viaje al paraíso una vez más.

Muy pronto.

Le apartó el cabello del rostro y sintió un nivel de bienestar que no había experimentado en años. La piel de Sybella estaba húmeda del sudor y tenía las mejillas ruborizadas. Parecía relucir.

Observó los suntuosos senos y la curva de la cadera bajo su mano. La apretó suavemente, gozando al notar la carne bajo la mano.

–Te gusta mirarme –dijo ella mientras se enredaba los dedos sobre el vello del torso

–Estaría loco si no fuera así –susurró mientras le besaba la punta de la nariz, los párpados y por último la sien. Quería demostrarle la ternura que le hacía sentir.

–A mí también me gusta mirarte a ti... Siempre me había costado desnudarme delante de Simon. Me sentía.... Me preguntaba.... No sé... me preguntaba lo que él veía.

Nik le dedicó una lasciva sonrisa y ella se la devolvió. Entonces, sin que pudiera evitarlo, los ojos se le llenaron de lágrimas.

–Lo siento... soy una tonta... No me hagas caso...

Era tan inglesa. Tan cortés en las circunstancias más extrañas. Era una mujer. No debería avergonzarse de nada. Eso hizo que Nik experimentara una gran ternura. La tomó entre sus brazos y la besó para secarle las lágrimas. Entonces, le murmuró palabras en ruso, algo que pareció tranquilizarla. Por último, la tomó entre sus brazos al ver que ella seguía temblando.

–Eras muy joven cuando te casaste –dijo.

–Sí, pero no me lo pareció entonces. Me sentía que había vivido una vida entera antes de conocer a Simon. Él fue mi primer amor –explicó mientras levantaba el rostro para mirarlo–. Nos conocimos en mi primer año de universidad, pero después de un año él... nosotros... decidimos tomarnos un respiro para el verano. Él se iba a una excavación en Atenas porque le encantaba la arqueología, pero yo no podía ir con él. Yo tenía que trabajar para ahorrar un poco de dinero, así que rompimos nuestra relación.

Nik esperó. Se imaginaba perfectamente adónde iba a parar aquella conversación.

–Al siguiente curso, él quería que volviéramos juntos, pero me dijo que había tenido una aventura con otra chica. No me importó –se apresuró ella en añadir mientras miraba a Nik como si estuviera desafiándole a que criticara a su adorado Simon–. Habíamos cortado nuestra relación cuando ocurrió.

Sin embargo, Nik notó en la voz de Sybella que, por lo que a ella se refería, no habían cortado. Ella era leal. Tan solo hacía veinticuatro horas que Nik la conocía, pero había podido comprobar su lealtad cuando ella decidió ocultar la información crucial sobre las cartas para proteger a su abuelo.

–Entonces, ella estaba en algunas de mis clases, por lo que me tuve que pasar el resto del curso viéndola varias veces al mes. Eso me resultaba incómodo. Ella nunca me dijo nada y no creo que intercambiáramos algo más que las cortesías habituales, pero debió de haberlo sabido.

–¿Quieres que comente o solo que escuche?

–Quiero que escuches –comentó con una risita nerviosa–. Ya dije todo lo que pensaba a Simon en su momento. Volvimos a estar juntos, como ya sabes, pero yo sabía que algo no estaba bien. Incluso en el día de mi boda no me lo podía sacar de la cabeza.

–Él seguía viéndola.

–¡No, no! Simon no era esa clase de hombre.

Seguramente a los ojos de Sybella nunca lo sería. Nik hizo lo que pudo para no sentir antipatía por un muerto.

–Era un hombre de principios. Es decir, ni siquiera tenía que decírmelo.

Nik se guardó lo que pensaba, pero no hacía más que pensar que él tampoco se lo hubiera dicho. Habría evitado por todos los medios que se enterara. Entonces, lo sorprendió otro pensamiento. «Yo no me habría ido nunca con otra mujer».

No cuando la chica en cuestión era Sybella. Ella le parecía un poco tradicional, la clase de mujer que esperaría fidelidad. Si el tal Simon la hubiera amado, lo habría sabido también.

Ella lo miró. Una vez más, parecía estar nerviosa.

–Sé que esto te parecerá una tontería, pero empecé a tener malas sensaciones sobre mi cuerpo. Se me metió en la cabeza que Simon no me encontraba deseable –añadió frunciendo el ceño.

En aquel momento, Nik deseó darle un buen puñetazo en la cara al marido muerto.

–Esta otra chica, ¿sabes?, era muy guapa y muy delicada, como un hada. Yo no lo soy.

–No, claro que no lo eres –dijo Nik sin saber qué decir.

–Se suponía que no tenías que decir algo así –replicó ella dándole un ligero empujón.

Nik la obligó a levantar la barbilla. Resultaba tan encantadora, con sus ojos marrones y aquellos pálidos rizos cayéndole por los hombros y los pechos... En aquel instante, supo lo que todos los hombres sabían: que jamás comprenderían a las mujeres.

–Escucha, lady Godiva. Mi interés en las hadas terminó aproximadamente cuando tenía cuatro años. Quiero a una mujer en la cama y quiero que sea suave, cálida y capaz de dar lo mismo que recibe... dentro y fuera de la cama. Tu Simon era joven, ¿verdad?

–Tenía veintidós cuando nos casamos –dijo Sybella. Lo miraba expectante, como si lo que él fuera a decir pudiera solucionarlo todo para ella.

Nik no estaba tan seguro. Sabía por experiencia personal lo profundamente que podrían crear raíces los resentimientos a edad temprana. El rechazo por parte de los padres debía de dejar cicatrices muy profundas y Sybella acababa de admitir las suyas delante de él. Como si Nik mereciera su confianza. Sin embargo, algo que él no podía hacer era responderle de la misma manera.

Por lo tanto, decidió agarrar el problema que había en la superficie y acabar con él en nombre de Sybella.

—Más o menos, yo lo había solucionado ya a la edad de veintidós —dijo mirándola a los ojos—, pero a veces les puede costar a algunos hombres una vida entera. Sea cual sea el envoltorio, Sybella, es la mujer interior lo que hace que un hombre se fije en ella, le reduce a un idiota y le hace prometer todo tipo de cosas solo para conseguir que se quite la ropa.

Ella se quedó boquiabierta, igual que le había ocurrido cuando Nik la tomó en brazos para subir la escalera. Entonces, empezó a brillarle una ligera llama en los ojos.

—No me prometiste nada —dijo en voz baja.

Nik sonrió.

—Deberías haberlo pedido, *dushka*.

Sybella estaba tratando de no sonreír por todos los medios.

—Solo estás diciendo eso porque crees que así conseguirás que me vuelva a acostar contigo.

—*Da*. De eso se trata...

La vulnerabilidad que Nik había visto en sus ojos anteriormente se había visto reemplazada por la luz que había logrado ver también antes, una luz que era como la de un faro y que lo guiaba de vuelta a ella y a toda su feminidad que, en lo más profundo de su ser, Sybella debía saber que volvía locos a los hombres.

—Bueno, ¿qué te parece?

Aquella boca, que se había convertido en un instrumento de gozo y tortura para el cuerpo de Nik, esbozó una sonrisa que profundizó aún más su hoyuelo.

Nik ansiaba besar aquella dulce boca. Sin embargo, Sybella le colocó la mano en la nuca y le llevó la boca justo al lugar donde ella más lo deseaba, a sus senos.

Definitivamente, Nik estaba muerto.

Y se encontraba en el paraíso.

Capítulo 9

ALGO crujió en la cama y esta se venció hacia un lado. Luego otro crujido y el cabecero se separó del marco de hierro.

Nik se levantó rápidamente de la cama y, mientras exclamaba algo en ruso, fue a comprobar qué era lo que había ocurrido.

–¿Me levanto? –preguntó ella. No se atrevía a moverse por si acaso todo se desmoronaba.

–Estate quieta –gruñó él–. Yo lo arreglo.

Sybella lanzó un pequeño gritito cuando Nik desencajó la base del colchón del resto de la cama y Sybella se encontró mirando a un techo que parecía estar significativamente más lejos de lo que lo había estado hacía unos instantes.

Nik sacó la base al pasillo y la apoyó contra la pared. Sybella vio cómo estiraba el cuello.

–No tienes que irte, ¿verdad? –le dijo–. La cama sigue funcionando.

Sybella cerró los ojos con fuerza. ¿Que la cama seguía funcionando? ¿Por qué no había dicho que ella seguía funcionando y había terminado antes?

Cuando Nik regresó a la habitación, examinó el estado de la cama y luego inclinó su magnífico cuerpo junto al de ella. Se metió entre las sábanas. En aquel momento, Sybella valoró muy positivamente la falta de espacio.

Los ojos de Nik estaban negros como el azabache bajo la tenue luz de la lámpara. Sybella se podía ver en ellos, pero de un modo en el que jamás se había visto antes. Una desesperada criatura que había soñado con seducir a aquel poderoso hombre, a quien, prácticamente, había puesto de rodillas... Y literalmente, dadas algunas de las posturas en las que él la había colocado.

—Tengo que decir, *dushka*, que marcharme de aquí era lo último que tenía en mente —dijo él con voz grave.

Nik se colocó encima de ella. Sus anchos hombros se erguían por encima de ella como acantilados, haciendo imposible que ella pudiera ver lo que había al otro lado. Ella sintió que se hundía debajo de él de nuevo por aquella vieja cama, que, a pesar de ser doble, no estaba en realidad hecha para dos cuando uno de ellos medía más de un metro noventa. Sin embargo, disfrutaba de la sensación de sentirse pequeña y delicada junto a él.

—Si no querías que me quedara a pasar la noche, no deberías haberme arrastrado hasta aquí arriba.

—¿Qué quieres decir con eso de arrastrarte hasta aquí arriba?

—Atraerme, entonces —replicó él dedicándole una lenta y sensual sonrisa antes de darle un beso en el hombro, en la clavícula y en el seno derecho, muy cerca del pezón. El pequeño traidor se irguió y Sybella se echó a temblar al sentir el tacto de la barba contra la piel—. Pareces una lechera voluptuosa. ¿Cómo me podría resistir?

—¿Estás haciendo referencia al tamaño de mis pechos?

—*Da* —replicó él riendo mientras los acariciaba suavemente con los labios—. Y tu cabello rubio y tus hoyuelos.... Y tu rotundo trasero.

—¿Mi qué? —gritó ella mientras le golpeaba juguetonamente sobre el pecho y él deslizaba las manos debajo de ella.

—Tengo más donde agarrarme —comentó él riendo y haciendo precisamente lo que decía. Sybella nunca se había sentido más orgullosa de su amplio y femenino trasero.

Entonces un pensamiento se apoderó de ella.

—Imaginaba que querrías regresar a tu súper yate o lo que sea.

—¿Súper yate?

—Meg, mi cuñada, tiene la teoría de que ahí es donde viven todos los rusos ricos.

—¿Has estado hablando con ella sobre mí?

—Todo el mundo en este pueblo está hablando sobre ti.

—A mí solo me interesa lo que tú tengas que decir.

Sybella le acarició el pecho con aparente indiferencia.

—Le dije que no estabas muy contento conmigo.

—Ahora sí que lo estoy —replicó él mientras le pellizcaba el trasero.

Sybella le empujó ligeramente.

—Mi yate es así de grande —comentó mientras medía poco más de un centímetro entre el pulgar y el índice.

—Por suerte para mí, estás hablando de tu yate —repuso Sybella sin poder evitarlo.

—Podría mostrártelo en alguna ocasión.

—Pensaba que ya me lo habías mostrado.

Nik ahogó las risas de Sybella con un beso. La sangre de ella comenzó de nuevo a arder.

—También tengo otra finca en Northumbria —murmuró él contra sus labios. Cuando dijo el nombre, Sybella palideció.

—Ese es uno de los más hermosos castillos del norte.

—Está demasiado lejos y hace demasiado frío.

Sybella le empujó y se sentó en la cama.

–Entonces, ¿por qué lo compraste?

–Por los impuestos.

–Si sigues comprando la historia de mi país, a este paso terminaré trabajando para ti.

–¿Tan mal estaría eso? –susurró él mientras trazaba una línea desde la clavícula de Sybella hasta el pezón–. Si pudiéramos seguir haciendo esto...

Sybella sintió que la respiración se le cortaba, no solo porque tuviera los pechos tan sensibles y respondieran tan fácilmente ante él. ¿De verdad creía Nik que encontrarían el modo de seguir haciendo aquello?

–¿Alguna otra finca que yo deba saber? –le preguntó ella mientras se cubría con la sábana.

–No. Solo estas dos –dijo él mientras le besaba el pecho a través de la sábana. Entonces, se la retiró para poder acariciárselos–. Las fincas en Londres son mucho más ventajosas. Rusia no es el lugar más seguro para guardar todos los huevos... –añadió sin dejar de tocarle los senos, extendiendo las manos sobre ellos para abarcarlos por completo–... así que tengo más cestas.

Entonces, por suerte, dejó de hablar de fincas y se concentró en el placer mutuo de ambos.

Cuando Sybella abrió los ojos horas más tarde, ya había amanecido. Nik se estaba poniendo la camiseta. Ella se sentó en la cama al tiempo que se tapaba con la sábana.

–¿Qué hora es? –preguntó bostezando.

–Casi las nueve.

–Supongo que te tienes que ir...

–Debería irme.

Nik la miraba como si siguiera deseándola, por lo que el ego de Sybella se hinchió un poco más de lo que debería. Al mismo tiempo, experimentó la terrible sensación de tener que dejarlo marchar cuando no parecía haber un camino claro para ellos, siempre y cuando él lo deseara.

—¿Cuándo regresarás a Edbury?

Nik comenzó a colocarse el reloj.

—Estaba pensando que podría hacer que fueras a Londres el próximo fin de semana, es decir, si pudieras conseguir que alguien cuidara de tu hija.

¿Llevarla a Londres? Ella había estado pensando más bien en cuándo iba él a regresar a Edbury para ver a su abuelo. Tal vez lo de Londres podría resultar una buena idea, pero sonaba tan ilícito... Al mismo tiempo, él estaba haciendo planes para ellos, pero no implicaban que él se metiera en su mundo, lo que a ella le estaba empezando a dar la impresión de que su hija era un impedimento.

—Fleur —dijo algo incómoda—. Se llama Fleur.

Nik sonrió, pero no dijo su nombre, lo que entristeció a Sybella.

—Supongo que podría ir a Londres, sí. Lo que ocurre es que solo me siento cómoda cuando Fleur está con su tía Meg o sus abuelos y no puedo estar fuera más de una noche. Es aún muy pequeña...

Sybella se interrumpió al ver que él estaba sacando el teléfono. Suponía que en realidad no le interesaba la logística. Era la vida doméstica de Sybella, no la de él.

—¿Dónde está tu teléfono?

Sin embargo, ya lo había visto sobre el bolso de Sybella, que estaba en una silla. El teléfono estaba justo encima.

Ella se levantó de la cama y se envolvió con la manta. Se acercó a él para ver lo que estaba haciendo, aunque se lo estaba imaginando y eso la reconfortaba por dentro.

–Estoy programándote mis números. Así podrás ponerte en contacto conmigo si tienes un problema.

Sybella estaba a punto de preguntar cuando lo oyó. Fleur. El ruido de las llaves en la puerta principal.

Rápidamente se lanzó a la ropa, que seguía esparcida por el suelo y se vistió tan rápidamente como pudo.

–Han vuelto. Tienes que marcharte –dijo mientras terminaba de vestirse y buscaba algo de calzado–. Escucha. Yo bajaré primero y conseguiré que se metan en la cocina. Así podrás bajar y marcharte sin que te vean –añadió. Entonces, recogió los zapatos de él y se los entregó–. Póntelos y quédate aquí.

Nik se vio sorprendido por una inesperada oleada de ternura.

–Sybella... eres una mujer increíble y no debería dudar lo sexy que eres o lo afortunado que me siento después de lo de la noche anterior...

Ella se quedó atónita, como si no comprendiera. En aquel momento, Nik volvió a maldecir a su marido.

En ese momento, una vocecita gritó:

–¡Mami!

Sybella susurró algo y él la dejó marchar.

Ella bajó rápidamente la escalera, esperando que ni su cuñada ni su hija notaran nada. Meg le estaba quitando el abrigo y la bufanda a Fleur. Le dedicó una sonrisa.

–Pensé en traerla yo a casa para ahorrarte el trayecto en coche, Syb. Tengo que estar en Middenwold a media mañana de todos modos. A mi madre le van a empastar una muela y dice que no puede volver a casa sola.

–¡Mami! –exclamó Fleur mientras corría hacia Sybella con los brazos abiertos para que ella la tomara en brazos y la levantara.

Después de muchos besos, Fleur pidió que la dejara en el suelo.

–Quiero mostrarle a la tía Meg mis zapatos nuevos –dijo.

Sin embargo, Sybella no estaba dispuesta a dejarla marchar hasta que Nik hubiera podido salir.

–¿Qué te parece si primero vamos a poner la tetera a hervir y preparamos unos cereales para desayunar?

Sybella echó a andar por el pasillo haciendo el mayor ruido posible. Encendió la radio a todo volumen. Por suerte, tanto Fleur como Megan comenzaron a bailar entusiasmadas con la canción.

Cuando Fleur volvió a acordarse de los zapatos, ya se habían tomado los cereales. Por fin, Sybella pudo meterse en la ducha y lavarse la extraordinaria noche que había pasado de su agradecida piel.

Al salir del cuarto de baño, vio que Meg estaba examinando la base de la cama que Nik había colocado en el pasillo.

–¿Cómo diablos has hecho esto?

Fleur apareció con sus nuevos zapatos rojos en la mano.

–Debió de ser el gigante.

Una semana después de que Nik se marchara de la cama rota de Sybella, su nombre apareció en la pantalla del teléfono de Nik en forma de mensaje de texto.

Durante un momento, él se limitó a frotar ligeramente la pantalla con el pulgar, pero no leyó las palabras. Era consciente de todas las veces que, a lo largo de la semana, había buscado su número solo para acariciarlo con el pulgar, pero sin efectuar ninguna llamada. La indecisión no era propia de él. Había dejado que pasara la semana y tenía que tomar una decisión. Si no la llamaba, todo se terminaría.

Dejó el teléfono para evitar la tentación y volvió a tomar su copa.

—¿Algún problema? —le preguntó su hermano Sasha, que le había estado observando.

—*Nichevo*.

Estaban sentados en la cubierta del *Phantom*, el yate de Sasha. La enorme bestia estaba atracada en el Adriático, tal y como era habitual en aquella época del año, frente a la costa de Montenegro. Desde el otro lado del barco, se escuchaba música de baile.

Su hermano, aunque hacía mucho tiempo que había dejado las drogas y el alcohol que lo habían desviado del buen camino cuando solo era un adolescente, parecía necesitar ruido y actividad a su alrededor. Sus fiestas en aquel barco eran legendarias. Nik había ido a verlo en helicóptero antes de dirigirse a unas reuniones y a un simposio que tenía en Moscú.

—¿Qué vas a hacer con *Deda*? —le preguntó Sasha mientras se reclinaba sobre la hamaca y apoyaba el cóctel que se estaba tomando sobre una pierna.

Nik volvió a mirar el teléfono y se preguntó si Sybella habría tenido un problema y él lo estaba ignorando.

—¿Cuándo lo vas a sacar de ese caserón?

—No lo voy a sacar.

Sasha miró hacia el mar y apretó un músculo de la mandíbula. Le gustaba fingir que no le importaba nada de lo que ocurriera al abuelo, pero Nik sabía que no era así. Sasha se había perdido los primeros años con sus abuelos, dado que se había visto obligado a vivir con su madre en el extranjero y eso hacía que le costara implicarse en la vida del anciano.

Se consideraba ajeno a todo, aunque la ironía era que Nik sabía que era él quien no pertenecía a la familia.

—Le gusta que la casa tenga visitas. Para serte sincero, parece que le ha dado ganas de vivir.

–Parece que te vas a tener que quedar con ese montón de piedras.

Nik miró de nuevo al teléfono.

–¿Cómo se llama? –le preguntó Sasha mientras se llevaba la copa a los labios–. La mujer cuyo mensaje no sabes si leer.

–Se llama Sybella. Trabaja de voluntaria en el Hall.

–Pues di que se pongan en contacto con ella los de tu oficina de Londres.

–No. Me he acostado con ella.

Sasha soltó una carcajada.

–¿Y significa eso que tienes *droit de seigneur?*

–*Nyet.* Significa que es complicado.

–Siempre es complicado, tío. Las mujeres como especie no están contentas a menos que te estén volviendo loca la cabeza para saber qué piensas en un momento dado y luego lo utilizan para crucificarte.

–¿Ha sido mala la ruptura con cómo se llame?

–Solo es un consejo de hermano. Jamás he conocido a una mujer que no desee tener acceso a tu cuenta bancaria y a los más oscuros secretos.

–Sybella no es así. Ella tan solo quiere mantener el Hall abierto y que yo pase más tiempo con *Deda*.

–¡Tío! Eso es peor aún. Ya te está dirigiendo.

Nik frunció el ceño.

–No es así. Es complicado porque tiene una hija.

–¿Y? ¿No tiene niñera para la niña?

–Aunque tuviera el dinero, no es así. Se ocupa de todo lo que se refiere a la niña. Y además, está muy involucrada en su comunidad. Lo tiene todo –dijo Nik sacudiendo la cabeza ligeramente–. ¿Por qué te digo yo esto?

–Para que te convenza de que no lo hagas. ¿Cuánto tiempo estuviste con ella?

–Cuarenta y ocho horas.

Sasha tuvo que hacer un esfuerzo para no soltar la carcajada.

—¿Tanto tiempo?

Había bastado para conocer la historia de su vida y perderse en su maravilloso cuerpo. Se tomó de un trago su whisky.

—¿Por qué no dejas de pensar y le demuestras lo que es diversión? Tal vez descubras que agradece salir de una vida tan ordenada. ¿Está el padre de la criatura cerca?

—Es viuda.

—En ese caso, no veo el problema, pero si tanto te preocupa ve por otra. Tengo un teléfono lleno de números que no quiero. Puedes elegir.

—¿De verdad? ¿Ahora buscas chicas para los demás? ¡Qué bonito, Sasha!

Nik decidió ignorar a su hermano, cuya vida personal era un accidente con un coche lleno de chicas del que él salía sin un solo rasguño y miró el vaso tratando de pensar. ¿Estaba haciendo bien en mantenerse alejado de ella?

Había visto la foto que tenía sobre la mesilla de noche, en la que un hombre alto y moreno estrechaba entre sus brazos a una jovencísima Sybella. Eso era lo que ella necesitaba, un hombre que pudiera estar a su lado todos los días, no uno que no podía arreglar la vida de nadie.

Lo había intentado con su abuelo, pero no podía devolverle a la abuela, que era precisamente lo que el anciano quería. Sasha, por su parte, nunca iba a perdonarle por haber tenido vivencias que a él se le habían negado.

Aunque Simon Parminter no había acompañado a Sybella hasta el fin, la había dejado embarazada. Además, si él siguiera vivo, Sybella ni siquiera lo habría mirado a él. Era esa clase de mujer.

Evidentemente, aparte de ciertos traumas sobre su cuerpo, su marido no le había dejado mucho dinero, dado que tenía que alquilar la casa. Tal vez podría rescindir el alquiler. Si se veían, no estaba bien que ella le pagara alquiler.

¿Se veían?

Sabía que Sybella no aceptaría algo así, pero no le gustaba que a ella le costara llegar a final de mes. Tal vez podría arreglarle la cama. Empezar con algo básico. Algo sólido. No una cama que él fuera a ocupar. Solo una cama.

Y bajo ninguna circunstancia la llevaría él mismo.

Miró el mensaje

¿Puedes responderme si vas a cerrar o no el ala oeste? Syb.

Después de tanto preocuparse, no había nada romántico en aquel mensaje. Exhaló una carcajada. Ella no quería cazarlo. Era la práctica y realista Sybella.

Contestó el mensaje.

No, dushka.

¿No, dushka?

Sybella estaba junto al fregadero de la cocina, frunciendo el ceño ante el mensaje que acababa de recibir.

Había pasado una semana desde que Nik entró en su mundo y le hizo el amor tan completa y tiernamente que había dejado el listón muy alto para cualquier otra relación íntima que ella pudiera tener algún día y le había dejado con una cama rota y el corazón algo magullado porque Nik le gustaba realmente.

Y le había enviado un mensaje. Había estado toda la noche tratando de conseguir el valor para enviarle un mensaje y, cuando por fin lo encontró, en vez de preguntarle por qué no la llamaba, se había decantado por un mensaje totalmente profesional. Había tratado de no imaginárselo leyendo el mensaje y preguntándose quién demonios era Sybella.

Entonces, *no dushka* había aparecido en la pantalla. Ella había contenido el aliento y había sentido que Nik volvía a estar en la habitación junto a ella, esperando más. Desgraciadamente, no era así.

Nik había respondido a su pregunta sobre si podía seguir admitiendo visitas en el Hall los jueves, pero la había dejado completamente a oscuras sobre si tenía algún interés en volver a verla.

Se metió el teléfono en el bolsillo trasero y abrió el grifo. Entonces, vio que el fregadero comenzaba a llenarse de agua sucia, aunque esta no provenía del grifo, sino que salía del desagüe.

Sybella se quitó los guantes y se dirigió a su ordenador, que estaba sobre la mesa. Aquella mañana había estado buscando información de Nikolai Voronov en Internet y había encontrado algunas imágenes suyas en glamurosos actos públicos, acompañado de mujeres igualmente hermosas.

Con irritación, borró la búsqueda y escribió «fregadero atascado» en el buscador. La realidad de su vida volvió a hacer acto de presencia.

Empezó a buscar una llave inglesa. ¿Por qué pagar a un fontanero que no se podía permitir cuando había videos en Internet?

Se metió debajo del fregadero y se puso manos a la obra. Al mismo tiempo, decidió que no volvería a utilizar los números que él le había dado. Francamente, no necesitaba un hombre en su vida. Era una mujer independiente y segura de sí misma, completamente capaz de limpiar la tubería de su fregadero tan solo con una llave inglesa y un cubo.

Desgraciadamente, no tenía la fuerza necesaria para hacer girar la llave inglesa.

–¡Mami! ¡Mami!

La voz de Fleur entró volando en la cocina. Sybella trató de recuperar la compostura y asomó la cabeza.

–¿Qué pasa, cielo?

–Mami, el gigante está de nuevo en el jardín.

Ojalá.

–¿De verdad? ¿Y qué crees que quiere?

–¡Ven a verlo!

En otra ocasión, Sybella se habría dejado llevar por el juego, pero el hombre de la pantalla del ordenador había pasado ya a desatascar una bañera y ella seguía sin aflojar la tubería y tenía que reunirse con Catherine cuarenta minutos después.

–Hace mucho frío fuera. Creo que estarías mejor con los vaqueros.

Fleur se levantó la falda para mostrarle que, efectivamente, llevaba puestos los vaqueros. Sybella sonrió.

–¡Excelente atuendo! Ahora, quiero que vayas arriba y prepares la mochila. ¿Sabes lo que te vas a llevar a casa de la abuela?

–A Ebby.

Ebby era su muñeca de trapo, que estaba muy vieja.

–Vamos a hacerle un vestido y a arreglarle los ojos.

–Mete también tu jersey verde. ¿Sabes el que te digo?

Fleur asintió, lo que significaba que cualquier cosa podría pasar.

–Vete, subiré a ayudarte dentro de un minuto. Mamá necesita arreglar esta tubería.

Sybella volvió a meterse debajo del fregadero y probó de nuevo con la llave inglesa en otro ángulo. El hombre del vídeo decía que era un trabajo muy sencillo...

–Lo vas a romper –le dijo una voz profunda y aterciopelada.

Al oírla, Sybella levantó precipitadamente la cabeza y se la golpeó con el fregadero.

—¡Ay!

Salió como pudo de debajo del fregadero. El corazón le latía con fuerza en el pecho. Entonces, levantó la mirada y...

Dios.

Fleur tenía razón. Había un gigante y parecía encontrarse en aquellos momentos en su cocina.

Capítulo 10

SYBELLA tenía en la mano una llave inglesa y estaba vestida poco más o menos como la primera vez que él entró en aquella casa, aunque en aquella ocasión llevaba vaqueros y un jersey. Al ver el agua marrón en el fregadero, comprendió lo que estaba pasando y comenzó a quitarse la chaqueta.

—¿Qué estás haciendo?

Nik le quitó la llave inglesa de la mano y dejó la chaqueta sobre una silla.

—Voy a arreglar esto. Vete a arreglarte tú.

Sybella se quedó en pie sin comprender. ¿Se había perdido algo, algún mensaje en el que él le explicara por qué no se había puesto en contacto con ella durante una semana?

A pesar de todo, se alegraba tanto de verlo...

Entonces, se dio cuenta de que estaba frente a él vestida con un enorme jersey con una jirafa sobre el pecho.

Sí, debería ir a arreglarse. Inmediatamente.

Nik había conseguido sacar el culpable de la tubería, una figurita de plástico, se había deshecho de toda el agua sucia y había organizado que fueran a limpiarle a Sybella la cocina cuando se dio cuenta de que ya no estaba solo.

Se dio la vuelta y vio que una cabecita morena le observaba desde la puerta.

—Hola —dijo.

La cabecita desapareció. Esperó. Gradualmente, poco a poco, la cabecita fue asomándose de nuevo hasta que un par de enormes ojos color violeta colocados en un precioso rostro aparecieron ante él. La última vez que la vio, la pequeña llevaba aquel cabello tan oscuro recogido en dos coletas. Era una niña muy guapa.

—¿Te acuerdas de mí? —le preguntó. No sabía cómo dirigirse a una niña tan pequeña—. Soy Nik, un amigo de tu mamá.

La pequeña no desapareció de nuevo. Fue entrando poco a poco en la cocina, muy tímida. Iba vestida con una larga falda verde y una especie de camiseta amarilla con un caballo pintado en el pecho. Aparentemente, tenía el mismo gusto de su madre.

—No eres un gigante de verdad, ¿a que no? Porque puedes entrar en una casa.

—No, no soy un gigante —respondió él tratando de no sonreír.

—Mami dijo que eras un gigante enfadado y un dios nórdico.

¿Un qué?

—En realidad, no estaba enfadado con tu madre. Me equivoqué en algunas cosas. Siento haberla disgustado.

—No pasa nada —replicó la pequeña mientras se encogía de hombros.

Nik recordó lo que tenía en la mano y se lo ofreció.

—Creo que esto te pertenece.

La niña echó a correr hacia él y extendió la mano para agarrarlo. Tenía los ojos llenos de curiosidad y de vida. Su timidez la iba abandonando rápidamente.

Nik oyó que se acercaba un camión. Fue a abrir la puerta. Excelente. Estaba congratulándose por el hecho de que el dinero pudiera conseguir cualquier cosa, hasta que una de las principales tiendas de Londres hubiera llevado su compra hasta allí cuando notó que un conejo pasó saltando a su lado y salió al jardín.

Consiguió evitar que otro saliera cerrando la puerta a sus espaldas. El animalito se fue saltando hacia el salón. Fue entonces cuando la niña volvió a aparecer y dijo dramáticamente:

–Ahora sí que la has liado.

Después, desapareció detrás del conejo que se había marchado. Entonces, oyó a Sybella gritando desde una de las ventanas del piso superior.

Uno de los famosos camiones de Newman & Sons con sus llamativas letras doradas había aparcado delante de su casa. Sybella observó atónita cómo dos hombres abrían las puertas e iban sacando las piezas de lo que parecía ser el armazón de una cama y un colchón y lo llevaban todo hacía la puerta de su jardín. Ella abrió la ventana y sacó la cabeza.

–¡Creo que se han equivocado de casa!

Cuando vio que los hombres no la hacían caso y seguían con su trabajo, ella sacó aún más la cabeza.

–¡Perdonen! Soy la dueña de la casa. ¡Eso no es para mí!

–Es tu nueva cama.

Sybella se sobresaltó al escuchar la voz de Nik en su dormitorio, a sus espaldas. Se colocó la toalla de mano contra el pecho. El cabello húmedo le caída por el pecho y el resto de ella iba cubierto por una enorme toalla de baño.

–Nik, no te he invitado a que subas aquí –le dijo.

–Es un poco tarde para eso –replicó él mirando la antigua cama–. Vamos a cambiar esa cama. Tal vez sea mejor que te vistas y que bajes para vigilar a Fleur. Está tratando de atrapar a esos malditos conejos. Se me ha escapado uno.

–¡Dios! –exclamó ella. Entonces, echó a correr y, al pasar junto a Nik, él la agarró por la cintura.

–Una cosa más –dijo mientras ella lo miraba atónita, sintiendo que el cuerpo se le deshacía como un helado al sol con el tacto de su piel.

Entonces, Nik se inclinó sobre ella y la besó. Después, la soltó.

Sybella se tambaleó durante un instante, sin saber si debía decirle que se marchara o que repitiera lo que acababa de hacer. Sin embargo, la decisión se le quitó de las manos cuando oyó un grito de Fleur. Bajó las escaleras rápidamente, vagamente consciente de que Nik la seguía.

Fleur estaba en el recibidor, con Dodge entre sus brazos acariciándole suavemente la cabeza tal y como Sybella le había enseñado.

–Mami, Daisy se ha escapado –dijo, señalando a Nik con dedo acusador–. Él dejó que se escapara. ¡La van a aplastar!

Nik apartó a Sybella.

–Ve a ponerte algo de ropa.

Sybella envió a Fleur a la cocina para que pudiera poner a Dodge en su jaula, agarró un impermeable y se puso unas botas de agua antes de salir corriendo al exterior. Dudaba que Nik fuera a tener mucha suerte. Se cruzó con dos hombres que llevaban un cabecero acolchado. Los dos la miraron fijamente, dado que la toalla de baño se le veía perfectamente debajo del impermeable transparente. Sybella no supo que hacer. No quería que Nik le comprara una cama nueva, pero, al mismo tiempo, estaba durmiendo en un colchón sobre el suelo y tenía que encontrar a una coneja asustada.

Tal y como había imaginado, Daisy estaba metida entre la tierra del jardín y temblaba de miedo. La tomó entre sus brazos y la llevó de nuevo a la cocina, donde la metió de nuevo en su jaula. Oyó ruidos desde la planta de arriba, lo que significaba que alguien estaba en su dormitorio.

Subió la escalera temblando. Tenía que ponerse algo de ropa. Se encontró a Fleur saltando de alegría en el rellano de la planta superior.

—¡Se han llevado el viejo colchón, mamá!

Sybella vio que había tres hombres y Nik junto a un colchón nuevo envuelto en plástico. Entonces, Nik se acercó a ella y la apartó.

—¿Crees que podrías ir a ponerte algo de ropa? —gruñó.

—Me gustaría, sé que estos hombres no saben dónde mirar.

—Yo creo que saben exactamente dónde mirar. Ve a vestirte.

—¡Lo haría, pero están en mi dormitorio! Nik, escucha, no puedo aceptar esto.

—Permítemelo. Después de todo la rompí yo.

Ella se sintió hipnotizada por el sonido de su voz y la mirada que vio en sus ojos. Durante un instante, se olvidó del hecho de que había desconocidos en la casa y que ella solo llevaba puesta una toalla bajo un impermeable, además del hecho de que tenía que ir a reunirse con Catherine.

—Sybella, ¿qué diablos? —gritó una voz.

Acababa de recordar que era Catherine la que iba a ir a su casa. La situación acababa de empeorar.

—Mi suegra... tengo que limpiar la cocina...

—Ya he llamado a un servicio de limpieza —dijo Nik mientras observaba a la señora bien vestida que acababa de llegar.

—¿Cómo has dicho?

–Que van a venir a limpiar. Ve a secarte el cabello y todo lo que tengas que hacer. Voy a llevaros a tu hija y a ti a almorzar.

–¿Y la abuela? –preguntó Fleur.

Sybella se llevó la mano a la sien.

–Catherine va a pasar el día con nosotros –dijo bastante agobiada.

Nik se dio cuenta de lo que se le venía encima. Tal vez aquello no fuera tan buena idea...

Sin embargo, no dudó ni un instante ante la piedra que se interponía en su camino.

–En ese caso, Catherine también.

Capítulo 11

CREO que se te vio teniendo relaciones sexuales con mi nuera contra un coche que estaba aparcado en el Hall.

Sybella se había llevado a Fleur al aseo y había dejado a Nik solo con la señora Parminter en la mesa del pub donde habían ido a almorzar.

Nik se aclaró la garganta.

—Eso no es cierto.

La mujer levantó su copa de vino con una ligera sonrisa.

—Eso me parecía. Sybella está aún demasiado enganchada a la memoria de mi hijo.

Genial. No quería escuchar nada más sobre el fantástico Simon, que le había dado a Sybella una profunda inseguridad sobre su cuerpo y la había dejado sola con un bebé, tras llevarla a un pueblo en el que ella tenía muy pocas perspectivas para mejorar en su carrera, tan pocas que se había visto obligada a invadir la casa de Nik. No obstante, él ya no se lamentaba de aquel pequeño giro del destino que había provocado que Sybella apareciera en su vida.

—Pues ojalá hubiera ocurrido —añadió Catherine antes de beberse el resto del vino.

Nik esperó con incredulidad. Estaba seguro de que la elegante señora iba a seguir hablando.

—¿Por qué no te la llevas a alguna parte? Marcus y

yo podemos cuidar de Fleur durante una semana y tú pareces estar bastante colado por ella.

¿Colado? Nadie había utilizado nunca aquella palabra para dirigirse a él. Normalmente, se le llamaba canalla u hombre de hielo.

Parecía que Catherine Parminter acababa de ganarse que la invitara a almorzar. Hasta aquel momento, le había parecido imposible separar a madre e hija.

Vio que Sybella se acercaba con Fleur y que las cabezas de todos los hombres se volvían para mirarla. Estaba maravillosa con aquel vestido de punto verde que resultaba sexy tan solo por el hecho de haberse colocado un cinturón. En realidad, no parecía estar pensando en sí misma ni en el aspecto que tenía. Tan solo tenía ojos para su pequeña.

—Creo que lo haré —dijo. Entonces, se puso de pie cuando Sybella se acercó.

—Se tarda en todo el doble —comentó ella con una sonrisa—, pero al final llegamos.

Fleur no estaba interesada en sentarse. Estaba acelerada por los acontecimientos del día y se resistía a sentarse de nuevo a la mesa.

—Creo que sería mejor que me llevara a Fleur a dar un paseo por el río —anunció Catherine—. ¿Por qué no te terminas esa botella de Merlot, Syb?

Sybella miró a su suegra muy sorprendida, pero Catherine ya había comenzado a marcharse con la pequeña, por lo que solo pudo tomar asiento. Nik se sentó también y tomó la botella, pero ella negó con la cabeza.

—No sé qué mosca le ha picado a Catherine. Normalmente no le gusta que yo beba.

—Cree que podrías relajarte un poco.

—¿Cómo has dicho?

—Quiere que tengamos sexo.

–¿Cómo dices? –preguntó ella con los ojos abiertos como platos–. ¡No! ¡Ella no ha podido decir eso!

–Aparentemente, te lo estás perdiendo.

–¡Eso no es cierto!

–Evidentemente –dijo él complacido. Sybella se sonrojó y apartó la mirada–. Aunque ya han pasado más de siete días...

–Seis años más bien –replicó ella.

Nik se quedó algo sorprendido por aquellas palabras. Sybella no le había hecho sospechar que él había sido el primero desde la muerte de su marido.

–¡Cariño!

Nik tuvo que apartar la atención de Sybella precisamente en aquel momento porque alguien acababa de agarrársele al cuello.

Marla Méndez, seguida por su habitual cortejo de gente guapa y feliz, acababa de entrar en el pub y parecía haber hecho subir el voltaje del restaurante porque era como si un foco estuviera iluminando aquella mesa. Era la misma Marla de siempre.

–Nik, cariño... he tenido que viajar hasta el centro de la Inglaterra rural para encontrarte. Quería ver por mí misma que era cierto. Tienes una casa en la campiña inglesa. ¡Qué ruso por tu parte!

Sybella observó cómo Nik se zafaba de ella y la miraba con la misma fría distancia que había mostrado hacia ella cuando se vieron por primera vez. Sin embargo, eso no amilanó a Marla en lo más mínimo.

–Estoy deseando verla. ¿Tiene también zoo privado? Aloyshia tiene un zoo... es una locura.

–No hay zoo, Marla –replicó Nik mientras observaba a los que la acompañaban y que se dirigían hacia la barra del bar.

Sybella también los estaba observando a ellos y, por supuesto, a Marla, aunque ella no la había mirado ni en una sola ocasión. Nik sabía que tenía que presentarlas, pero algo en su interior le decía que era mejor no dejar que Marla y todo lo que representaba se acercaran a Sybella.

El nivel de ruido del pub subió varios decibelios. Sybella se estremeció cuando uno de los que acompañaban a Marla dejó caer un vaso. Todos se echaron a reír.

—A ver si puedes controlar el ruido de tus amigos —le aconsejó Nik—. Esto no es Nueva York. Es un pequeño pub de un pequeño pueblo.

—¡Qué pintoresco! —exclamó Marla mirando a Sybella por fin, por lo que ella dedujo que también formaba parte de lo pintoresco que era el pueblo.

Nik no pareció muy impresionado.

—¿Por qué no me llamáis cuando volváis a Nueva York, Marla, y allí preparamos algo?

—No, no. Vas a cenar conmigo, Nikolai Voronov. No es negociable. Necesito tu consejo. Además, quiero que me muestres esa casa tuya...

Nik dijo algo en español. Marla respondió y señaló a Sybella como indicando a Nik que se olvidara de su acompañante para irse con ella.

Sybella no supo qué se apoderó de ella. Nik no las había presentado y la señorita Méndez estaba siendo muy grosera, por lo que no pensaba pasarse ni un minuto más allí sentada. Apartó su copa, se inclinó sobre Nik y, tras agarrarle el rostro con ambas manos, le dio un beso en la boca. Durante un instante, él pareció muy sorprendido, pero no tardó en corresponderla.

Después, volvió a tomar asiento, se estiró el vestido y levantó el rostro para mirar a Marla.

—Nik no puede cenar contigo —le espetó—, porque va a cenar conmigo.

—Marla Méndez —dijo Nik muy alegre—, esta es Sybella Parminter.

La postrera presentación de Nik resultó prácticamente innecesaria. Sybella ya tenía la total atención de Marla.

–Sybella... Me alojo en Lark House. ¿Lo conoces?

–Claro. Está en una finca a varios kilómetros de aquí –respondió Sybella mirando a Nik–. Es propiedad de los Eastman.

–Sí. Benedict y Emma –añadió Marla–. Van a celebrar una fiesta. Podéis venir los dos –comentó de repente, como si Sybella y ella fueran amigas.

–Nada de fiestas –afirmó Nik.

–Me encantaría ir a una fiesta en Lark House.

Sybella se encontró mirando fijamente a una mujer famosa que no tenía muslos y se sentía tremendamente bien consigo misma. La certeza la acompañaba y con ello venía la seguridad en sí misma.

No había nada entre Nik y aquella mujer, ni siquiera una ligera tensión sexual y Sybella se sentía muy liberada al respecto. Ya no era una novia de veintidós años y no sentía que tuviera que compararse con nadie. Fue como si, de repente, hubiera cortado el cordón con el espectro de la otra mujer que había turbado su breve matrimonio

Fuera lo que fuera lo que había entre Nik y ella, aquella mujer no tenía ningún derecho a meterse en su conversación.

Nik y ella no tenían un problema, tan solo acababan de interrumpirles su almuerzo.

Los teléfonos habían aparecido por todas partes para tomarles fotografías. Sybella supuso que, como persona no famosa, probablemente la cortarían de las fotos que pudieran aparecer en Internet.

–¡Nos lo pasaremos tan bien! –exclamó Marla mientras miraba a Nik–. Te perdonaré la cena, pero quiero que me invites a tu yate este año para ir a Niza cuando esté en Cannes y no te lo tendré en cuenta.

–Ya sabes que siempre estás invitada...

Mientras Marla se retiraba a su mesa al otro lado del pub, Nik se inclinó sobre la mesa con el rostro lleno de preocupación.

–*Prohshu prahshehnyah*. Te pido disculpas, Sybella. No sabía que estaba aquí.

–Evidentemente. Te ha seguido, *cariño*, hasta el corazón más salvaje de Gloucestershire.

–¿Te ha molestado?

–No, pero le preocupaba haberte molestado a ti. Por suerte, la vas a dejar ir a tu yate, aunque solo sea así de grande –dijo ella mientras señalaba una pequeña parte de su pulgar para mostrársela a Nik.

Él la observaba como si Sybella se hubiera convertido en una especie de animal salvaje que nunca hubiera visto antes, pero que le fascinara.

–¿De verdad quieres ir a esa fiesta?

–Los Eastman son dueños de la casa más hermosa de este condado. Por supuesto que quiero ir a esa fiesta.

–¿Y qué te gustaría hacer después de la fiesta? –susurró él, inclinándose hacia ella.

En aquel momento, la entrepierna se le volvió líquida y los pezones se le irguieron. Sybella comprendió qué era exactamente lo que le gustaría hacer después de la fiesta y suponía que él también lo sabía.

Si se sintiera libre para hacerlo, se lo habría llevado al ropero para hacerle el amor allí mismo, pero no podía seguir sus instintos. Su suegra regresaría muy pronto con su hija.

–¿Qué tenéis en común vosotros dos? –le preguntó a Nik.

–Marla vino a verme para pedirme consejo para los negocios

–Tú extraes minerales. Ella es modelo. Debió de ser una conversación muy interesante.

Durante unos segundos, Nik pareció agotado. Sybella se inclinó hacia él.

–¿Qué pasa, Nik?

–Tiene un hijo –dijo él–. Algo mayor que Fleur. Creo que las dos os llevaríais bien si pudieras soportar tanto teatro.

–¿Y tú no puedes?

–Se trata de negocios, Sybella. Ella quiere diseñar lo que presenta en sus desfiles y para ello tiene una buena diseñadora que da la casualidad de que es su hermana. Yo soy el dinero. Punto final. Espero conseguir una bonita suma de esta transacción, que me interesa mucho más que ver a Marla socialmente

Nik sabía que si le decía a Sybella que Marla había improvisado un striptease que había terminado sentada sobre su regazo, aunque hubiera sido antes de que él fuera a Edbury, a ella no le gustaría mucho. Mucho menos después de la historia que le había contado sobre su marido con otra mujer.

No. Marla tenía que seguir con la ropa puesta y quedarse en la mesa de la sala de juntas y podría ser que Sybella no se enterara nunca de la verdad de sus planes sobre aquella pequeña aventura mercantil. Quería usarla y cerrarla.

Como ella lo estaba mirando con aquellos francos ojos castaños, sabía que no lo comprendería.

Le acarició suavemente la mano.

–¿En qué estás pensando, *moya krasvitsa zhenschina*?

–Me imagino que ser tu novia implicaría mucho más este tipo de cosas, con otras contendientes al título.

Nik le acarició la mano con la suya.

–No hay otras contendientes –susurró. La tensión sexual restalló en el aire.

¿Quería decir que ella era la elegida? Sybella suponía que se había declarado cuando lo besó no solo delante de Marla Méndez, sino de todos los que había en el pub aquella tarde.

–Sin embargo, ya te lo dije en una ocasión. Puedo ser un hombre eminentemente superficial, porque ya sabes que estoy pensando en esa montaña rusa que va desde tu delicada garganta hasta sus esbeltos tobillos. El lugar que más me excita es la parte de tu voluptuoso y encantador trasero.

Sybella se preguntó si la idea del ropero era una locura después de todo.

Él le colocó la mano debajo de la barbilla para que obligarla a mirarlo.

–Regresé de Montenegro solo para llevarte a almorzar porque no me puedo mantener alejado de ti.

–¿Pero lo intentaste?

En aquel momento, los dos escucharon la voz de Fleur. Nik levantó una ceja como para responder a esa pregunta.

¿Fleur?

De repente, Sybella se sintió algo confusa. ¿Nik se había mantenido alejado de ella porque Sybella tenía responsabilidades? ¿Porque tenía una hija?

Trató de recuperar la compostura y mantenerse alegre por su hija, pero no hacía más que darle vueltas a la idea de que Nik consideraba a Fleur un obstáculo en su relación. En realidad, ni siquiera existía ninguna relación. En aquellos momentos, todo estaba en el aire.

–Mami, la abuela dice que la pista de patinaje estará cerrada mañana. ¡Me lo prometiste y nunca llegamos a ir!

–Bueno, ya iremos el año que viene, cielo.

Fleur comenzó a sollozar.

–¿Dónde está la pista de patinaje? –preguntó Nik de repente.

–El castillo de Belfort abre una pista todos los años desde noviembre hasta enero –explicó Sybella–. El año pasado tampoco pudimos ir –añadió mientras se volvía a su triste hija–. Mami lo siente mucho, cariño.

–¿Y dónde está ese castillo?

–A media hora de aquí.

¿Por qué hacía Nik tantas preguntas? ¿Acaso no se daba cuenta de que Fleur estaba muy triste y que era mejor dejar la conversación? Ciertamente, no sabía nada de niños ni quería saber nada sobre su hija.

–Podemos hacerlo ahora –dijo.

Fleur lo miró asombrada y comenzó a gritar de alegría.

–¡Mami! ¡Mami, por favorrrr!

–Si a tu madre le parece bien, claro está.

Sybella lo miró asombrada. Estaba haciendo un esfuerzo por su hija.

–Creo que estaría genial –dijo.

–¿Qué estaría genial? –preguntó Catherine al llegar a la mesa.

–¡Ir a patinar sobre hielo, abuela! –exclamó Fleur mientras miraba a Nik como si él fuera capaz de hacer cualquier cosa.

–Maravilloso. ¿Significa esto que Fleur podrá quedarse con Marcus y conmigo esta noche mientras que tú llevas a Sybella a cenar?

–Catherine...

–*Da*, si no les importa, claro –la interrumpió Nik–. Voy a llevar a Sybella a una fiesta.

Capítulo 12

LA PISTA de patinaje de Belford Castle relucía con las luces que la iluminaban frente a la oscuridad de la tarde. Nik aparcó el todoterreno y esperó a que las chicas se organizaran.

–Genial –dijo Nik cuando por fin se alejaron del coche y se dirigieron hacia la plataforma donde podían sentarse y ponerse los patines–. ¿Se le da bien patinar?

–Fleur nunca ha patinado –dijo Sybella con una ligera sonrisa.

–Entonces, ¿la historia sobre ganar la carrera y lo de su amiga que se cayó y se rompió la muñeca?

–A Fleur le gusta inventarse cosas y normalmente implican que su amiga Xanthe se rompe algo –comentó Sybella mientras se ponía de pie para tratar de guardar el equilibrio–. Tiene una imaginación muy activa y yo no la desanimo.

Fleur no hacía más que bailar a su alrededor mientras esperaba que su madre le pusiera los patines.

Sobre la pista, Nik rodeó a Sybella y a Fleur constantemente, vigilando a los otros patinadores dado que Fleur no hacía más que resbalarse. Por primera vez en su vida, no estaba seguro de su papel, pero cuando Fleur estuvo a punto de caerse por centésima vez, se inclinó sobre ella y la agarró antes de que se cayera sobre el hielo.

La niña lo miró con sus enormes ojos violetas y, tras incorporarse, se agarró con fuerza a las manos de Nik y

dejó que él la condujera sobre la pista. Sybella iba detrás de ellos, aplaudiendo los logros de su hija y sonriendo a Nik.

Fleur no tardó en cansarse y llegó el momento de salir
de la pista. Juntos, fueron a tomar un chocolate caliente.

Los dos estaban esperando a la pequeña mientras le
daba el dinero a la señora del mostrador cuando, Nik,
sin pensarlo, comentó:

–Pobrecillo...

–¿Quién? –preguntó Sybella.

–Tu Simon... no llegó nunca a disfrutar todo esto...
Sin embargo, eso no significa que Fleur y tú no podáis
disfrutarlo

Sin que pudiera evitarlo, Sybella notó que los ojos
se le llenaban de lágrimas. Nik la tomó entre sus brazos
para que ella se sintiera segura y protegida.

–Si yo fuera él –añadió con voz profunda–, querría
esto. Quería que las dos tuvierais todo esto. Está bien
dejar que la vida siga, Sybella...

Ella asintió contra su pecho, aliviada. Entonces, levantó el rostro para mirar a Nik.

–¿Por qué estás haciendo todo esto por nosotras?

–Porque tú me lo has permitido... –susurró antes de
besarla.

Cuando por fin se separaron para tomar aire, la actitud de Nik le indicó a Sybella que algo no iba bien. Él
estaba mirando por encima del hombro de ella. Sybella
se dio la vuelta.

Fleur los estaba observando con el cambio apretado
en la mano.

–¿Qué le estás haciendo a mi mami?

Algo más tarde, mientras Sybella llevaba a su hija a
casa de los abuelos, admitió que Nik había manejado el

pánico que se había apoderado de ella con considerable sangre fría. No había dejado de abrazar a Sybella y le había hecho ver a Fleur que estaba bien que él le mostrara afecto a su madre.

No era que la pequeña no hubiera visto muestras de afecto entre sus abuelos, o entre su tía Meg y el ocasional novio que pudiera tener, pero con su madre era muy diferente. Sybella lo comprendía, pero le sorprendía que Nik lo hubiera comprendido aún mejor y que hubiera sabido manejar la situación con más eficacia que ella. Evidentemente, lo había subestimado.

Fleur se había quedado con la frase que Nik le había dicho sobre que quería besar a su mami porque era muy guapa. Por eso, cuando la vio aquella noche con un vestido y unos zapatos de tacón, le dijo a su madre:

—Creo que Nik va a querer besarte otra vez, mami.

Mientras regresaba a casa, Sybella no pudo evitar pensar en su matrimonio.

Tal vez si pudiera volver hacia atrás en el tiempo, podría no haber regresado con Simon y, ciertamente, no se habría casado con él hasta que se hubiera sentido seguro de su relación. Ella era muy joven y tal vez esa era en parte la razón por la que se había mantenido fiel a su recuerdo, tal vez durante demasiado tiempo.

Simon había sido su amigo, pero Nik era mucho más. Era su amante.

El todoterreno de Nik estaba aparcado frente a su casa cuando llegó. Mientras se dirigía hacia él, los ojos de Nik le decían todo lo que quería escuchar. Él se metió la mano en el bolsillo y sacó una pulsera que le colocó deslizándosela por la mano.

—Pensé que te quedaría bien.

—Nik, no puedo aceptar esto. Son diamantes.

Él le cerró el broche de seguridad con los dedos y

levantó la mano de Sybella para inspeccionar la preciosa joya. Era exquisita.

—¿Te gusta?

—Es preciosa. No sé qué decir, Nik. Nadie me ha dado nunca un regalo tan caro... Vaya... no debería haber mencionado el coste, ¿verdad?

—Quiero que seas tú misma, Sybella y quiero que la lleves puesta, si tú lo deseas también.

Sybella admiró la pulsera y deseó tener el valor para acariciarle el rostro y conducirlo hasta su dormitorio a su nueva cama. Respiró profundamente.

—¿No dijo Marla algo sobre una fiesta?

Lark House estaba iluminada como si fuera Navidad. Aparentemente, los anfitriones estaban encantados de recibir al elusivo oligarca ruso, que era su vecino.

A Sybella le encantaba aquella casa. Tenía todo el encanto del que Edbury Hall carecía y, a pesar de ser una casa familiar, estaba abierta al público para bodas y actos diversos los fines de semana.

Era una noche muy fría. Sybella se arrebujó en su abrigo de lana mientras que Nik la rodeaba con su brazo y la animaba a subir rápidamente las escaleras. Ella no se había sentido tan emocionada desde hacía mucho tiempo.

Todo el mundo quería hablar con ellos. Nik la dejó a solas para que charlara con la anfitriona, Emma Eastman, una antigua modelo.

—¿Cómo puede ser que vivas por aquí y no nos conozcamos? —le preguntó Emma algo bruscamente.

—Sí que parece raro...

—Por supuesto, estamos encantados de que Nik esté aquí. No se deja ver. Cuando Marla dijo que él había accedido a venir, nos alegramos muchísimo. Tengo que decir que, como mi marido se dedica al mundo del espectáculo, siempre tenemos en casa a personas muy famosas con mucho ego, pero Marla Méndez se lleva la palma. Simplemente llamó a Benedict y se invitó ella sola... ¡Ay, Dios! ¿He hablado más de la cuenta? ¿Acaso eres buena amiga de Marla?

–No la conozco en absoluto.

–Ah, bueno... Déjame que te dé un consejo. No está muy contenta contigo. Sospecho que pensaba que este fin de semana iba a salirle de un modo muy diferente. Si no, dudo que hubiera venido hasta aquí.

Sybella no tuvo que preguntar lo que Marla se había imaginado que podría haber sido diferente.

–Tengo que decir que hacéis una pareja fabulosa –dijo Emma.

–No sé si se puede decir que somos pareja. Tan solo hace unos días que nos conocemos.

Emma se entristeció.

–¿Así que no crees que podrías convencer a Nik si Benedict y yo le pidiéramos que apoyara nuestro proyecto de *Pozos para África*? Significaría mucho que su nombre formara parte del proyecto y creo que le vendría bien socialmente que a él se le viera contribuyendo a esta causa.

–Estoy segura de que está abierto a causas benéficas. Solo tienes que proponérselo. No es tan feroz como dice su reputación.

Emma sonrió.

–En cuanto nos enteramos que iba a traer a una chica del pueblo, comprendimos que Edbury Hall estaba en buenas manos.

Durante la cena, todos los invitados monopolizaron a Nik, pero, una vez más, a Sybella no le importó. Nik estaba sentado frente a ella, contestando a las preguntas que su anfitrión le hacía sobre el impacto ecológico de la minería. Algunos de los invitados eran también eco-

logistas, pero Nik los manejó bien. Explicó que Voroncor tenía como compromiso que, cuando ellos hubieran
terminado la extracción, la tierra volviera a ser de nuevo
productiva de algún modo.

—Entonces, no solo cavas agujeros en la tierra arrui-
nando el hábitat —le dijo a Nik cuando por fin pudieron
charlar después de cenar.

—Si fuera así, sería un ser humano deplorable.

—Y no creo que lo seas. Por cierto, ¿sabes que todos
los presentes buscan algo de ti?

Nik le colocó la mano en la cintura y la condujo a la
sala de baile. Sybella tenía tantas preguntas que hacerle,
pero lo que más deseaba era estar entre sus brazos, lejos
de toda aquella gente.

—Lo que sé es que todos los hombres me tienen en-
vidia en este momento.

Por fin, Sybella estuvo entre sus brazos cuando llegaron a la pista de baile. Sybella apoyó la cabeza sobre
su hombro.

—Yo nunca hago estas cosas —dijo ella—. Ponerme un
vestido y ser admirada por los presentes. No sé por qué
te lo digo a ti. Eres un hombre. No lo comprenderías
nunca.

—Lo que creo es que te has negado muchas cosas.

—Ya no —susurró ella. Envalentonada, le puso una
mano en el pecho—. ¿Me vas a hacer el amor? —quiso
saber, haciéndole por fin la pregunta que llevaba deseando hacerle toda la noche.

—¿Es una cuestión?

—Solo estaba buscando una indicación...

—¿Acaso crees que te he traído aquí para mirarte la
ropa interior?

—No creía que los hombres se fijaran en esas cosas...

—Yo me fijo en todo lo que se refiere a ti... Te deseo
ahora... ¿Te parece un problema?

Sybella deslizó la mejilla sobre la de él.

—En absoluto.

—Pero posiblemente no en una fiesta.

Sybella, débil por el deseo, no podía comprender por qué no.

—Pero seguro que hay una habitación de invitados en alguna parte... Nik, el trayecto a casa es muy largo —añadió, a pesar de que sabía que no podría hacer algo así.

—Ha sido una larga semana —murmuró él contra su oído—. Creo que los dos podremos soportar un trayecto de media hora en coche.

Ella lo miró a los ojos y vio todo lo que una mujer pudiera desear para sentirse la única mujer del universo.

De repente, Nik le soltó la cintura y, sin decir ni una palabra, comenzó a conducirla hacia la salida. Los invitados se apartaron para dejarlos pasar. El hecho de que se marcharan temprano no resultaba nada sutil. Sybella se sentía muy excitada.

Una hora más tarde, Nik no quería moverse. Sybella estaba tumbada encima de él, acariciándole el torso.

—Lo había echado de menos —susurró ella.

—Seis años es mucho tiempo.

—Me refería a ti. Había echado de menos esto contigo.

Nik experimentó un sentimiento que no pudo controlar. Era una oleada de sentimientos que lo empujaba a abrazarla. Y Sybella no parecía inclinada a dejarlo escapar.

Cada vez que él la tocaba, era como una conflagración de los sentidos. Cada vez, le parecía que era lo mejor que podría ocurrirle nunca.

¿Por qué se lo negaban?

Entonces, Nik recordó una personita que regresaría por la mañana.

Se sentó y se golpeó la cabeza con el marco del asiento trasero del todoterreno. Sybella trató de incorporarse también, pero se lo impedía el espacio. Nik se echó a reír. Habían conseguido llegar hasta el bosque de Linton Way cuando Nik detuvo el coche en un claro del bosque. No podía verles nadie, pero se escuchaba perfectamente los coches que pasaban por la carretera.

Nik estaba seguro de que eran invisibles para el mundo exterior. Las ventanas empañadas ayudaban. Sybella seguía con el vestido puesto, pero estaba maravillosamente desaliñada. El cabello le caía por la espalda y tenía el vestido tan levantado que dejaba adivinar el misterio que había entre sus piernas. Nik tenía la camisa y los pantalones desabrochados y trataba de entender lo que aquella mujer le hacía. Ni siquiera habían conseguido llegar a Edbury.

Por fin llegaron a la casa de Sybella y él la llevó al interior. La metió en la ducha y estuvieron allí largo rato hasta que por fin fueron a acurrucarse juntos en la cama nueva.

—Tengo un barco en un lugar que poseo frente a la costa de Sudáfrica. Vayamos allí juntos unos días, los dos solos.

Sybella lo miró a los ojos. Nik esperaba que ella iba a contestar que no podía dejar a su hija sola, pero ella le sorprendió.

—Me gustaría —dijo, sin dudas ni preguntas—. ¿Podría ser pronto?

—Lo organizaré todo.

—Nunca he viajado fuera del Reino Unido. ¿Me convierte eso en una paleta?

—No, *dushka*. Solo indica que eres una mujer muy

ocupada –comentó él mientras le acariciaba el cabello aún mojado.

Sybella recordó aquella primera vez, cuando él le secó el cabello con una toalla, cuando comenzó a bajar la guardia con él. Nik acababa de reconocer lo duro que ella trabajaba. Nada podía parecerle más sexy. En lo más profundo de su ser, ella comprendió que un sentimiento que no había experimentado antes comenzaba a cobrar vida.

–Está bien tomarse un respiro de la vida real, ¿verdad? –dijo él.

–Sí –suspiró Sybella.

Más tarde, se preguntó si eso era lo que aquello era para Nik. Un respiro de la vida real. Decidió aplacar aquel pensamiento. Después de todo, solo se trataba de unas pequeñas vacaciones.

Capítulo 13

SYBELLA bajó a la cocina del barco. Sus largas piernas aparecieron primero, y luego su cuerpo cubierto con un bikini negro y una camisa transparente que parecía flotar a su alrededor. Con el cabello recogido en una coleta, parecía feliz y despreocupada, casi una veinteañera.

El deseo se apoderó de Nik, pero iba acompañado de algo más duradero, algo que tenía que ver con el hecho de que Sybella pareciera estar disfrutando. Ese sentimiento hacía que él también se sintiera satisfecho.

–Nik, ¿quién es esta mujer?

Sybella llevaba en la mano una revista y él se preguntó con qué antigua novia se habría topado. Entonces, vio la fotografía de la mansión junto al lago y lo supo.

–Tiene un artículo sobre una tal Galina Voronov, una famosa rusa con vínculos con el mundo de la moda que tiene una casa muy bonita a orillas del lago Lemán –dijo ella mientras le ofrecía la revista–. Aparentemente, trató de demandarte, pero no lo consiguió. Tú sales en dos líneas y no dice mucho sobre ti. ¿Es pariente tuya?

Nik ignoró la revista y le deslizó una mano por la cadera para atraerlo junto a él mientras con la otra les daba la vuelta a las tortitas que estaba preparando.

–¿Quién te ha enseñado a hacer eso? –le preguntó ella distraída por aquella inesperada pericia en la cocina.

–Mi abuela. Hacíamos *blini* con frecuencia.

Tenían veinte personas empleadas en un barco de cuarenta metros y las comidas eran sublimes, pero el último día de su gloriosa estancia en el barco, Nik les había dado el día libre y, por lo tanto, estaban solos. Él le estaba preparando el desayuno.

—Te imagino de niño siempre metiéndote en líos porque querías siempre salirte con la tuya.

—Tal vez, pero mi abuelo se aseguró de que no fuera así.

—¿Y tu hermano? No le pudo resultar fácil a tu abuela criar dos niños.

La sonrisa de Nik se desvaneció.

—Mi hermano no estaba. Sasha vivía con su madre.

—¿Os separaron?

—No. Mi madrastra nos separó. En el funeral de Alex, agarró a Sasha de la mano y se lo llevó. No volví a verlo hasta diez años después.

Sybella se quedó en silencio.

—Mi reputación empieza y acaba con esos *blinis*. ¿Por qué no los llevas arriba y yo subo el café? Deja la revista.

Sybella dejó la revista sobre una silla y agarró a Nik por el brazo. Él sonrió débilmente.

Cuando subieron a cubierta a desayunar, ella supo que Nik no iba a decir nada más sobre el tema. Resultaba evidente que era doloroso para él. Sybella no quería husmear, pero tampoco podía ignorar un hecho tan terrible.

—Siento mucho lo que te ocurrió, Nik. Tu abuelo me hablaba de ti cuando eras niño, pero no de Sasha. No comprendí por qué.

Nik suspiró.

—*Deda* y *Baba* trataron de todas las maneras posible de quedarse también con Sasha, pero no consiguieron nada. Hizo falta que Galina se fuera a una clínica de rehabilitación para que mi abuelo pudiera conseguir la custodia.

—Galina es la mujer de la revista... ¿Y por qué fue a una clínica?

–Alcoholismo. Se quedó sin dinero y sin opciones. Sasha tenía quince años e imagino que casa vez que ella lo miraba, solo veía lo mucho que su hijo la odiaba. Por eso, Sasha vino entonces a casa de mis abuelos. Llevaba sobre los hombros una montaña de resentimiento.

–¿Cómo se las arreglaron tus abuelos?

–Lo llevaron a un psicólogo e hicieron todo lo que pudieron, pero el primer año fue muy duro. Yo estaba fuera estudiando y regresaba a casa los fines de semana, pero él sentía celos de mí y discutíamos mucho. No puedo culparlo. Yo me quedé con todo lo que por derecho era suyo.

–¿Qué significa eso?

Ella había entrelazado la mano con la de él y Nik estaba acariciándole suavemente el reverso de la muñeca con el pulgar.

–Él es su nieto. Yo soy el advenedizo.

–Nik, es terrible lo que acabas de decir. Y sé que no lo crees.

–*Net*, pero creo que Sasha sí. Cuando él tenía dieciséis años me lo llevé a una prospección geológica en los Urales y lo puse a trabajar conmigo para que me ayudara. Él estaba conmigo cuando vi por primera vez la mina de Vizhny y decidimos comprarla. Sasha dijo que quería formar parte, así que, cuando pujé por ella tres años más tarde, él se presentó con los ahorros de toda la vida. Era un riesgo y nuestra relación habría saltado por los aires si algo hubiera ido mal, pero no fue así y los dos terminamos siendo hombres ricos.

–Me alegro de que me hayas contado eso –dijo ella. Se levantó y fue a sentarse sobre su regazo.

–Ahora todo ha pasado... Bueno, casi.

Nik parecía más interesado en acariciarla que en buscar consuelo. Comenzó a juguetear con las cintas que sujetaban el bikini de Sybella.

–Estate quieto... Ya te he dicho que no pienso andar en topless en este yate.

Cuando terminaron de desayunar, Sybella comenzó a llevar los platos al interior de nuevo. Allí, sorprendió a Nik leyendo la revista.

–¿Te puedo preguntar qué asunto legal tenías con tu madrastra?

–No es ningún secreto. Galina era la hija de un *apparatchik* del Kremlin de mucho rango. Él movió unos hilos y ella consiguió el control del archivo de trabajo, películas y documentales de nuestro padre. Fue dueña de todos los derechos durante veinte años y, por si eso no fuera poco, lo metió todo bajo llave para que nadie pudiera verlo. En mi país, todo el mundo se ha olvidado de mi padre.

–¡Qué malvada!

–Así es mi madrastra –comentó él–. La clásica madrastra de los cuentos de hadas.

–¿Crees que lo recuperarás algún día?

–Me subestimas, Sybella. Lo compré hace dos años por varios millones de dólares. Conseguimos llegar a un acuerdo fuera de los tribunales. Eso la ayudó a comprar esa bonita casa que tiene sobre el lago Lemán.

–Al menos, ella ya no forma parte de vuestras vidas. ¿Es así?

Nik miró el reloj.

–¿Qué te parece si vamos a una cala que hay cerca de aquí para que te enseñe las vistas?

Sybella se estaba poniendo unos pantalones cortos y una camiseta cuando se dio cuenta de que, una vez más, Nik había evitado sus preguntas muy hábilmente.

Tras pasar la tarde en tierra firme, los dos terminaron la jornada nadando cerca del barco al atardecer. El agua era cálida y Sybella enredaba las piernas con las de él, mientras el cabello le caía sobre los hombros. Se agarraba a Nik como si él fuera su boya de salvamento personal.

—¿Conoces a tu padre?

—Sé su nombre y sé dónde vive.

—¿Y?

—En Helsinki. No he hecho nada al respecto y no sé si lo haré alguna vez. Él tiene una familia, una vida. Y yo estoy ocupado.

—Eso no es cierto. Te pasa lo que a todo el mundo, tienes miedo de lo que podría ocurrir cuando bajes la guardia con otras personas.

—¿De verdad, *dushka*?

—Sabes que es así –replicó ella con una sonrisa.

—Contigo he bajado la guardia...

—Tienes suerte de haber conocido a un padre y tener la posibilidad de conocer al otro. No dejes escapar esa oportunidad, Nik.

Él le colocó la boca junto a la oreja.

—Y qué suerte tuvo tu Simon de ser el primero en tu corazón.

Sybella se agarró a él con fuerza.

—Ya no es el primero en mi corazón...

Regresaban a Heathrow en el avión privado de Nik desde Ciudad del Cabo cuando Sybella, de repente, se echó a reír. Nik, que iba a sentarse frente a ella con dos copas de champán en la mano, la miró sin comprender.

—¿Qué te hace tanta gracia?

Ella lo miró sonriendo.

—Algún día, contaré esta historia y no me creerá nadie.

—¿El qué? ¿Lo del champán? Pensé que te apetecería antes de regresar a esa minúscula casita en la que esconden las bebidas alcohólicas entre las toallas.

–¿Y cómo lo sabes?

–Tu suegra en el restaurante.

Sybella hizo un gesto de desaprobación con los ojos.

–¿Así que esto es lo último que voy a saborear del lujo? –preguntó ella mientras aceptaba la copa.

–No, aunque... ¿Qué te parece si te pregunto cuáles son tus planes para el futuro? –quiso saber Nik mientras se arrodillaba delante de ella.

–Darle un abrazo a mi hija y no soltarla durante un par de días.

–Estaba pensando más bien en los planes que tienes para mí.

Sybella trató de imaginarse a Nik en su pequeña casa, rodeado de animales y de juguetes por todas partes.

–No cabes.

–*Lyubov,* creía que ya la habíamos probado.

–Me refería a mi cocina –dijo suavemente, con cierta preocupación.

–Te construiré una más grande.

Sybella se imaginó que, para ampliar su casa, Nik sería capaz de aplastar todas las otras con un martillo. Por ridículo que pudiera parecer, era cierto. Así era como Nik se hacía cargo de las cosas. En vez de sentirse contenta, sintió que el pánico se iba apoderando de ella. Era una locura.

–Iremos poco a poco. Día a día. No hay horario para esto.

Sybella no estaba tan segura. Nik era el hombre más ocupado que conocía. Había visto cómo su propio abuelo luchaba por conseguir su atención. Dios sabía que si no fuera por el señor Voronov y sus medidas desesperadas para conseguir que su nieto fuera a Edbury... A Sybella no le gustaría estar nunca en esta situación. Llegar a medidas desesperadas por conseguir la atención de Nik.

–Día a día, Sybella –insistió él. Se inclinó sobre ella

hasta que Sybella se sintió nadando en aquellos ojos. Luego la besó para que no importara nada más.

Llevaban en casa más de cuatro semanas y Nik se había pasado la mayor parte de aquel tiempo en la casa de Sybella, aunque, oficialmente, vivía en el Hall. Su abuelo estaba encantado con aquella situación y era una causa de incesantes chismorreos en el pueblo. A Sybella no le importaba, y mucho menos cuando acababa de asomar la cabeza por la puerta y había visto que Nik le estaba leyendo a Fleur. La niña estaba apoyada contra él y parecía hipnotizada por el encanto exótico que la aterciopelada voz de Nik le daba a la historia.

Nik había hecho un esfuerzo por estar presente y regía su imperio con un puñado de empleados y un sistema informático que había instalado en el Hall.

Aquella noche después de cenar, cuando Fleur ya estaba en la cama y Nik había terminado su ronda habitual de llamadas, los dos se encontraron en el cuarto de baño, aseándose.

Ella se colocó entre el lavabo y él y comenzó a provocarle moviendo el trasero mientras se secaba el rostro para quitarse el maquillaje.

–¿Te ves volviéndote a casar?

–Nunca lo he pensado –dijo ella.

–¿Acaso no te gustó estar casada? –preguntó él mientras se afeitaba.

–Si me estás preguntando sobre Simon, sí que me gustó estar casada. Supongo que me sentí segura por primera vez en la vida.

–¿Y antes no? –le preguntó Nik mirándola a través del cristal.

–Me sentía sola. Durante mucho tiempo estuve sola. Luego Simon me recogió y me trajo a este pueblo con sus padres y su hermana. Los vecinos y los amigos me aceptaron y me parecía todo maravilloso. Después, unos meses después, él tuvo el accidente. Lloré por Simon, por supuesto, pero me recuerdo en el entierro pensando que me tendría que marchar de aquí y, de algún modo, eso me pareció peor aún.

–Tiene sentido. Parece que cuando te casaste con Simon, te casaste con la vida que necesitabas.

–Supongo que sí –dijo. Nik la abrazó y ella se relajó contra su cuerpo, aliviada de que la comprendiera–. Por supuesto, gracias a Fleur, no tuve que marcharme.

–¿Cuándo descubriste que estabas embarazada? –le preguntó él mientras terminaba de secarse el rostro con la toalla.

Regresaron juntos al dormitorio después de que Nik apagara la luz del baño.

–El día después del entierro. Meg necesitaba un tampón y, de repente, caí que yo no había necesitado ninguno desde hacía semanas. Me hice la prueba y mi vida cambió para siempre. Una vez más.

Sybella se metió en la cama y Nik se estiró a su lado. Entonces, él apagó también la luz del dormitorio y la tomó entre sus brazos.

–Lo bueno es que ya no estoy sola. Tengo una hija, unos suegros, una cuñada, un pueblo entero...

–Y me tienes a mí...

El cuerpo de Sybella comenzó a vibrar cuando él le deslizó las manos por la piel desnuda y encontró uno a uno todos los lugares que la hacían suspirar...

Se despertó varias horas más tarde, caliente y acalorada después de un sueño. No recordaba el contenido, pero una fuerte ansiedad le atenazaba el pecho. Salió de la cama y bajó a la planta inferior. Allí, se puso un abrigo y salió al jardín. Allí era donde solía pensar.

La primavera llegaría pronto, pero aún hacía mucho

frío. El cielo sobre el océano Índico había sido maravilloso. Allí en Inglaterra estaba cerrado por las colinas, pero eso le hacía sentirse protegida.

—¿Qué estás haciendo aquí sola? —le preguntó Nik. Solo llevaba un par de calzoncillos, pero no parecía notar el frío.

—No podía dormir.

—¿Quieres estar sola?

—No... No quiero estar sola

Antes de que pudiera decir una palabra más, Nik la estrechó entre sus brazos desde atrás. Ella se sintió inundada por la seguridad y la sensación de bienestar que aquel sueño había terminado. Ya había empezado a dar por sentado aquel sentimiento con Nik. Resultaba peligroso. Él podría hacerle daño y Sybella no sabía si podría superarlo.

No obstante, decidió que no podía ir por la vida preguntándose qué habría ocurrido si no le hubiera dejado entrar en su vida. Sabía que recordaría todo aquello cuando fuera una anciana y sus nietos no se creyeran que la abuela le había dado su corazón a un multimillonario ruso, un hombre que a pesar de tener todo lo que pudiera desear, había decidido que en aquel momento el objeto de su deseo era Sybella Frances Parminter y su amplio trasero. Se echó a reír.

—¿Qué te hace tanta gracia?

—Algún día contaré esta historia sobre ti y nadie me creerá.

—Vamos dentro...

Nik la tomó en brazos y la llevó de vuelta a la casa, hasta el dormitorio. Sintió que había llegado la hora de dejar de tener miedo y aceptar que tal vez Nik formaba también parte de su destino.

* * *

Nik miró el reloj. Tenía que levantarse, pero Sybella estaba tumbada encima de él. Miró el techo y vio que era tan bajo que lo podía tocar con la mano si se ponía de pie. Aquella casa era muy pequeña. Tenían que mudarse de allí. Entonces, miró a la mujer que tenía a su lado y sonrió. Sabía que podía acostumbrarse a todo aquello muy rápidamente.

Trazó delicadamente el arco de sus cejas y deslizó el dedo hasta la curva de sus labios. Para él, se iba haciendo más hermosa cada día que pasaba y despertaba en él sentimientos que ni siquiera reconocía. La palabra «colado» ya no podía definir lo que sentía por ella.

Justo en aquel momento, la pantalla de su teléfono móvil se iluminó. Nik lo tomó y vio que era una llamada de Pavel, su asistente. Se trataba de un mensaje en el que le decía que había habido una explosión en la mina de los Urales.

Dejó a Sybella dormir porque estaba acostumbrado a ocuparse de todo solo. Solo se acordó de llamarla cuando estaba en el avión. Como no respondió, le envió un mensaje.

Sybella leyó el mensaje. *La vida real se inmiscuye. Accidente en la mina. No hay pérdida de vidas. Te llamaré esta noche.*

No tuvo noticias de Nik en los dos días sucesivos. La segunda noche, se le ocurrió que tal vez podría encontrar algo de información sobre el accidente en Internet. Encendió el ordenador. La pantalla se llenó de varios links vinculados con el nombre de Nik, pero el que más le llamó la atención fue el de un infame tabloide británico.

Marla vuelve a la carga con el oligarca ruso.

Sybella se dijo que sería mejor no mirar, pero no pudo evitarlo. El artículo iba acompañado de una fotografía en la que se veía a Marga, vestida con ropa interior negra y una botella de champán en la mano. En otra fotografía, Marla se vertía el champán sobre los senos prácticamente desnudos y en otra se sentaba sobre el regazo de un hombre. En la cuarta imagen, se veía claramente a Nik, que estaba sentado en una silla con Marla a horcajadas y pasándoselo... bastante bien. Sybella se sintió hundida y se tapó el rostro con las manos.

Nik la llamó a primera hora de la mañana, cuando ella aún estaba dormida.

–Sybella, ¿has visto las fotos?

–Sí, anoche –respondió ella frotándose los ojos hinchados aún de tanto llorar.

–Estábamos en una reunión. Ella se quitó la ropa. Yo le dije que se la volviera a poner. No tenía ni idea de que nos estaban grabando.

Sybella dio las gracias en silencio. Entones, comenzó a hablar en el tono adecuado, ligero y divertido a la vez.

–Nik Voronov, ¿me estás dando explicaciones?

–Eso parece.

–Está bien. Lo comprendo. No le he dado la mayor importancia –dijo. Se produjo un largo silencio–. Nik, ¿estás ahí?

–Eres una mujer increíble.

Ella se mordió el labio. Lo había hecho bien.

–Lo intento. Ahora, dime cómo van las cosas.

Estuvieron charlando veinte minutos. Nik le prometió que haría todo lo posible por regresar al día siguiente para invitarla a cenar y luego colgaron. Sybella se metió en la ducha. Lloró un poco, pero solo porque estaba estresada y no había dormido mucho. No tenía nada que ver con el hecho de que Nik tuviera el rostro contra los senos de Marla Méndez.

Capítulo 14

Escándalo sexual de Marla Méndez con Voronov, el hombre de hielo!

Sybella estaba en el exterior del quiosco de prensa de Edbury observando las portadas de todos los periódicos sensacionalistas. Por lo que ella sabía, Nik seguía en los Urales, ocupándose aún de todo lo concerniente a la explosión en la mina y llevaba allí casi tres semanas. En la última llamada, le había dicho que trataría de regresar al Reino Unido aquel fin de semana, pero no había mencionado nada de un escándalo sexual. No tenía ningún sentido y Sybella tuvo que resistir el deseo de comprar un periódico para descubrir lo que decía.

Media hora más tarde, ya no pudo seguir resistiéndose. Se puso a mirar la información en la minúscula pantalla de su teléfono móvil, en la furtiva intimidad del interior de su coche. Al parecer, un amigo de un amigo decía que llevaban meses muy unidos y que él la había llevado desde Miami, donde ella estaba trabajando en la actualidad, hasta Ciudad del Cabo para tener unas vacaciones privadas. Asqueada, Sybella cerró la página y fue a buscar a Fleur al colegio.

Notó cuchicheos a su paso y se negó a hablar con la profesora de su hija. Ya en el coche, Fleur le mostró el dibujo que había hecho.

Sybella observó el dibujo. La presencia de Nik en él denotaba lo importante que él se estaba haciendo en su vida. Fleur lo consideraba como una parte estable en su existencia.

En ese momento, comprendió que tenía un problema.

Nik la encontró al día siguiente a cuatro patas con otros voluntarios limpiando la suciedad que habían dejado los albañiles. El movimiento y las voces bajas de sus compañeros alertaron a Sybella de su presencia.

Había vuelto. El problema era que Sybella ya no lo veía de la misma manera. Tan solo lo veía saliendo de un club nocturno. ¿A cuántos habría ido en las últimas semanas?

—*Dushka*...

Nik la tomó entre sus brazos y la levantó como si no pesara nada. Luego la besó delante de todo el mundo. Sybella se abrazó también a él, avergonzada pero también muy agradecida.

Para cenar, Nik la llevó a un precioso restaurante en Middenwold. Ella trató de disfrutar de la cena y de la compañía de Nik, pero su estado de ánimo debió de notársele de algún modo. Cuando se marcharon, Nik la dejó un instante en el interior del coche porque quería comprobar las luces de freno, lo que ella aprovechó para mirar el teléfono. No tenía mensajes, pero no pudo resistirse a mirar de nuevo aquellas imágenes. En aquella ocasión, algo le llamó la atención. Parecía un anuncio de lencería.

Justo en aquel momento, Nik regresó al coche.

—¿Qué ocurre?

—Nada —respondió ella mientras ocultaba la pantalla del teléfono contra su pecho.

—Sybella, estás muy pálida. ¿Tiene que ver con esas fotos?

—No puedo evitarlo... La gente me las envía... ¿Recuerdas cuando me dijiste que jamás habías tenido una relación personal con Marla Méndez?

–Sybella, no ocurrió nada. Ella me preparó una emboscada. Le dije que se volviera a poner la ropa porque no me interesaba...

–Todo eso ya lo sé. No es que no te crea, pero, ¿por qué me mentiste?

–Esto ocurrió antes de que estuviéramos juntos.

–Mis amigos, mis compañeros, mi familia... Todo el mundo mira esas fotos y yo sé lo que están pensando...

–¿Y a quién le importa lo que piensen? Sybella, te aseguro que no me gusta más que a ti, pero es lo que hay.

–Ni siquiera entiendo por qué inviertes en su empresa. ¿Es ese el tipo de mujer que te gusta?

–No se trata de eso...

–Te he hecho una pregunta.

Nik no respondió. Se limitó a hacer sonidos de frustración.

–Supongo que es lo que le gusta a la mayoría de los hombres –dijo ella en su lugar–. Mujeres casi desnudas contoneándose sobre su regazo –añadió. Sybella apagó la pantalla del teléfono que le había estado mostrando–. Pero con lo del champán se ha pasado. A ninguna mujer le gusta que la consideren así. ¿A quién está tratando de atraer, a las mujeres que se puedan permitir su lencería o a los chicos adolescentes?

–No tengo ni idea.

–Bueno, pues deberías saberlo dado que tú eres su principal inversor.

Nik gruñó. Parecía estar buscando el momento adecuado para decir algo, pero Sybella no quería escuchar. Tenía miedo. Solo quería marcharse a casa.

–Quiero que te olvides de esas fotos –le dijo él en cuanto estuvieron en el dormitorio–. Yo no suelo salir en la prensa sensacionalista, sino mi hermano. Dales una semana y estarán con otro tema.

–Supongo... Pero, ¿cómo te sentirías tú si yo estuviera en ropa interior con otro hombre?

–¿Tú? –preguntó él, riendo–. Es una situación totalmente improbable.

–¿Por qué? ¿Porque no puedo conseguir a otro hombre?

–No. Porque yo no salgo con mujeres que enseñan sus atributos en Internet para ganar dinero.

–Qué curioso, ahora todo el mundo piensa que tú sí.

–Si lo que esperas es que emita algún tipo de comunicado público, no voy a hacerlo, Sybella. No sigo ese juego.

–Tú no, pero, ¿y yo? Me has puesto en una situación muy difícil. Yo tengo que vivir aquí, Nik, soy la pobre Sybella que no puede sujetar a su hombre.

–¿De verdad crees que la gente sigue pensando así? Sospecho que hay más en tu cabeza de lo que realmente está pasando. ¿De verdad te importa lo que diga la gente? Si yo prestara atención a todo lo que se dice de mí, sería un pésimo hombre de negocios...

–Lo sé, pero...

–No hay peros. Sybella, sabes que no hay nada entre esa mujer y yo, ¿verdad?

–Confío en ti, de verdad. Es solo que no me dijiste que había habido algo íntimo entre vosotros y ahora que esas fotos han salido a la luz... ¿Por qué no me lo dijiste entonces?

–Porque es una horterada. No quería darte una excusa para pedirme que nos diéramos un tiempo. Te aseguro que no volverá a haber más historias de este tipo, *dushka*. Siempre me han interesado más los negocios que las modelos.

–El negocio es ropa interior femenina. ¿Tanto dinero hay en él?

–En realidad, no. Francamente, me interesa más que fracase que prospere.

–¿Cómo has dicho? ¿Quieres que fracase?

–Sí –admitió el tras una pausa–. Una de las inversoras es Galina Voronov. Cuando te dije que se lo llevó todo, no te expliqué que tenía un plan para recuperarlo.

De repente, Sybella se sintió como si se hubiera perdido una parte importante de la conversación.

–Pero ya tienes el archivo de tu padre... pagaste mucho dinero para conseguirlo.

–*Da*, pero ella debe pagar también.

Capítulo 15

PAGAR dices? –le preguntó Sybella–. ¿Cómo?
–Debe pagar por sus pecados, que son muchos
–replicó él con una sonrisa que no terminó de llegarle a los ojos–. No te preocupes tanto, *dushka*. Solo
quiero dinero –añadió mientras le colocaba una mano
sobre el hombro para tranquilizarla.

Sybella se zafó.

–No. Eso no es cierto. Tienes más dinero que el
Banco de Inglaterra.

–Veo que me conoces demasiado bien...

–¿Qué es lo que está pasando, Nik?

–Galina ha invertido todo su dinero en otro de los
proyectos de Marla. Así fue cómo Marla llegó hasta mí.
Voy a retirar mi inversión y, cuando eso ocurra, las
deudas de Marla se llevarán por delante los almacenes
que Galina compró y, como socio comanditario de
Marla, ella será responsable también de esas deudas.
Tendrá que vender la casa del lago Lemán y perderá
todo el dinero que le di.

–¿Y la señorita Méndez?

–Marla siempre cae de pie. No voy a hacerle nada
que no se haya hecho ya a sí misma. Yo no acumulé
esas deudas.

–Tiene un niño pequeño, Nik.

–Como he dicho, yo no acumulé esas deudas.

–No, pero sí accediste a darle dinero. Supongo que
firmarías un contrato.

–Claro. Con todas las cláusulas que necesito para retirarme sin daño alguno –dijo. El rostro de Sybella debió de reflejar lo que estaba pensando porque Nik volvió a hablar con voz más suave–. Así son los negocios, Sybella. Esto ocurre constantemente. Te aseguro que nada de esto me satisface, pero quiero destruir a Galina. Si ella no vuelve a aparecer en nuestras vidas, habrá servido para mi propósito.

–Si haces esto te conviertes en alguien peor que ella.

–No me montes un drama....

–No es un drama. Es la vida de la gente. Marla tiene un hijo... Vas a hacerle daño solo para recuperar un dinero que ni siquiera necesitas.

–Como he dicho, no es por el dinero.

–No, es por algo peor. Escúchame, Nik. El día en el que fui al Hall con las cartas, te oí hablando con tu abuelo. Te mostrabas tan tierno con él que sentí que todos los prejuicios que tenía hacia ti desaparecían. Eres un hombre con un buen corazón. No dejes que esa mujer te lo arrebate. No dejes que te convierta en algo que no eres.

–Estás siendo una ingenua –afirmó Nik–. Soy un hombre de negocios y he hecho cosas crueles en el pasado para llegar al lugar en el que estoy.

–Me parece que no te conozco...

–Tal vez no, pero no pienso perder más tiempo con esto, Sybella. Sigue con tu mundo de cuento de hadas. No te quiero en el mundo real. Puede ser oscuro y no puedes enfrentarte a él.

–¿Es eso lo que ocurrió con tu abuelo?

–No vayas por ese camino...

–Creo que probablemente no te das cuenta. Llevas tanto tiempo viviéndolo así... Nik, todo lo que has hecho en tu vida ha sido para vengarte de Galina y así conseguir sentirte a salvo

–¿De qué estás hablando?

Sybella se sentó en la cama.

–Yo culpé a mis padres durante años por haberme abandonado. Entonces, encontré a Simon y a su maravillosa familia. Me mostraron cómo te trata la gente que te ama y fue entonces cuando pude perdonar a mis padres.

El rostro de Nik se suavizó al escuchar cómo hablaba de sus padres. Al menos la estaba escuchando.

–Tu abuelo vino a Edbury porque echaba de menos a tu abuela. Aquí empezaron a ocurrir cosas que no habías autorizado, que no controlabas y empezaste a amenazar a la gente.

–Estaba protegiendo a mi abuelo.

–Claro, pero no había amenaza alguna. Todo estaba en ti. Todo lo que estaba ocurriendo eran cosas que habrías sabido si hubieras hablado con tu abuelo. ¿Es eso lo que puedo esperar de ti? ¿Me vas a meter en una casa y a rodearme de gente para que me protejan y se aseguren de que no abandono el cuento de hadas en el que tú crees que quiero vivir? ¿Y de qué me estarías protegiendo a mí? Lo que he visto ahora te pinta como un hombre amoral que solo busca venganza...

–Sí, eso es lo que soy.

Sybella lo miró y llegó a la conclusión de que casi no lo reconocía. Lo intentó una última vez.

–Te estás comportando como si tuvieras un poder absoluto sobre esa gente. Si arruinas a Marla, le provocarás dolor y estrés a mucha más gente que solo a Galina. Todo lo que pierda será dinero que, para empezar, no era suyo.

Nik la miró y recordó la primera vez que la vio, cuando ella le pareció un ángel. Comprendía que todo aquello le importara y sabía que no podía convencerla de que él tenía razón. Empezó a preguntarse por qué estaba allí. Fue a recoger su bolsa de viaje.

–En el momento en el que la firma de Marla se hunda y ella siga con su vida, yo haré lo mismo –dijo–. No quiero oír nada más sobre este asunto, Sybella. No es asunto tuyo. Son negocios.

–¿Adónde vas? –le preguntó ella presa del pánico.

–Me da la impresión de que no me quieres aquí esta noche. Después de tres semanas en una mina de los Urales, estoy harto de camas duras y frías.

Al día siguiente, casi sin dormir, Sybella llevó a dos grupos a visitar el ala oeste. Después de almorzar, fue a la casa del guardés para ver cómo progresaban las obras y luego se dirigió a su casa. Al ver el todoterreno de Nik aparcado frente a la puerta, sintió una alegría inicial que se transformó rápidamente en incertidumbre.

Se estaba preguntando si podría encontrar el valor para entrar en su propia casa, cuando Catherine salió.

–Querida, Nik está aquí –le dijo. A Sybella no le quedó más remedio que entrar en la casa–. Está en la cocina y Fleur está jugando en su habitación con Xanthe Miller. La costa está despejada.

–¿Para qué?

–Creo que quiere pedirte algo.

Las palabras de Catherine prendieron una ligera esperanza en ella. Tal vez lo ocurrido la noche anterior había sido un sueño y Nik volvía a ser el de siempre.

Lo encontró sentado en una silla. Tenía un aspecto algo desaliñado muy poco propio de él y estaba sin afeitar. Estaba mirando el teléfono.

–*Dushka,* tengo algo que enseñarte –le dijo. Entonces, se golpeó la rodilla como si ella fuera a ir a sentarse sobre ella como si nada.

Sybella se limitó a acercarse a él. Nik la miró de

soslayo y se puso de pie. Entonces, le mostró la pantalla de su teléfono.

–¿Qué te parece?

Era una galería de fotos en la que se podían ver lujosas habitaciones y espaciosos salones.

–¿Por qué estás mirando casas?

–Se trata de un apartamento en San Petersburgo que estoy pensando en comprar.

–Es muy bonito.

–Lo voy a comprar para nosotros. Para Fleur, para ti y para mí.

–¿Por qué?

–Quiero que te vengas a vivir conmigo a San Petersburgo. No hablaremos más de negocios. Será como volver a empezar.

–Yo no me puedo marchar de Edbury. Este es el hogar de Fleur. Mi hogar.

–No es que no puedas volver. Los dos tenemos familia aquí.

–Y yo también trabajo aquí. El centro de visitantes del Hall va a abrir muy pronto y hay muchas cosas que hacer. Creo que va a revitalizar el pueblo.

–Estoy seguro de ello, pero hay muchos voluntarios que podrán hacerse cargo. Quiero que Fleur y tú os vengáis a San Petersburgo conmigo.

–Nik, nuestro lugar está aquí. Mi familia, mis amigos y mi trabajo.

–Solo es un trabajo, Sybella. Te podrán sustituir fácilmente.

–Te aseguro que he trabajado mucho para forjarme una vida aquí después de la muerte de Simon. Quiero ver cómo Edbury Hall sale adelante y quiero que mi hija crezca aquí. No pienso ir a San Petersburgo contigo.

–Entonces, ¿cómo va a empezar a funcionar lo nuestro? Ya sabes cómo es mi horario. No es práctico, Sybella.

–No. Probablemente no. Hay que ser práctico, sí...

–Mira, Sybella. Tengo miles de personas que dependen de mí para mantener mis intereses empresariales por toda Europa. Mi vida está en el continente.

–Nadie te está pidiendo que cambies nada de eso, pero tienes que dar algo también –dijo Sybella–. En eso se basa una relación. En dar y tomar.

–¿Dar? Le di una casa a mi abuelo cuando él me la pidió. Te he permitido a ti y a los locos de tu sociedad histórica mantener las visitas al ala oeste. Vi ese maldito apartamento en San Petersburgo y pensé en ti. En nosotros. ¿Qué es exactamente lo que no estoy dando?

–Bueno, podrías empezar mostrando interés en algo que me importe a mí.

–¿Es esto lo que te importa, un centro de turismo en Edbury Hall?

–Lo que el Hall significa para la gente que vive aquí y para las generaciones futuras. No tiene nada que ver conmigo, Nik. Es vivir en una comunidad y formar parte de algo más grande que tú.

Nik se echó a reír.

–Cuando vine aquí en enero, estaba convencido de que tenías un plan, que estabas creando todo esto por una causa propia y aquí estamos, unos meses después y resulta que yo tenía razón.

–¿De qué estás hablando? ¿De mantener la historia de mi pueblo para que Edbury tenga algo de lo que sentirse orgulloso? Al menos yo estoy haciendo esto por una buena razón, al contrario de ti, que cree que puede jugar a ser Dios con las vidas de otras personas.

–Sabía que volveríamos a esto...

–No te importa nada, ¿verdad? Arruinar la vida de unas personas, llevarnos a Fleur y a mí al otro lado del mundo, apartándonos de todos los que nos quieren para que no sufras ningún inconveniente...

–Esto no tiene que ver con mi conveniencia, Sybella. Eres tú, aferrándote a la memoria de tu marido muerto. Piensa en todo el tiempo que has tardado en llegar hasta aquí, en todo el trabajo. Te aseguro que tu precioso Simon no pensaba en ti cuando te trajo a un lugar en el que el único sitio en el que podía salir adelante con tu carrera era un montón de piedras...

–¿Cómo te atreves a acusar a Simon así?

Nik la miró fijamente durante un instante. Entonces, volvió a meterse el teléfono en el bolsillo.

–Olvídalo, Sybella. Te deseo todo lo mejor con tus actividades en el Hall. Has luchado mucho por ello.

Con eso, Nik salió de su vida. Con eso, todo pareció regresar a la normalidad, a excepción de ella misma. Sybella había encontrado su verdadero ser con Nik, a la verdadera Sybella. Fuerte, apasionada y valiente. Tendría que serlo un poco más porque, de nuevo, volvía a estar sola.

Capítulo 16

NIK ESTABA en la entrada de la mina que había supuesto el inicio de su fortuna. Por una vez, él no vio la riqueza que representaba, lo vio como lo verían las generaciones venideras. Una cicatriz en la tierra. Un recordatorio de la destrucción a la que Sybella se oponía.

Ella quería restaurar las cosas, reutilizar lo que ya existía, hacer bueno el pasado llevándolo al presente. Lo único que él hacía era destruir todo lo que le hacía daño. Lanzar golpes como el niño que fue, el niño que lo perdió todo y tan solo quería que alguien pagara. Fuera quien fuera.

Su madrastra era el monstruo más conveniente al que derrotar.

Habían pasado tres días desde que se marchó del Reino Unido y no había pasado un instante sin que sintiera una sensación que le oprimía en el pecho. Se despertaba por la noche, gritando, furioso consigo mismo. Cada correo que su asistente le pasaba sobre el desfile de Marla en Milán la semana siguiente, hacía que él visualizara a Sybella y la devastación que había mancillado sus ojos.

No debería haberle dicho lo que comentó sobre su esposo, aunque fuera cierto. Ella creía que Nik estaba jugando a ser Dios, cuando lo único que estaba haciendo era intentar arreglar lo que estaba roto. Desde el momento en el que le contó sus planes y todo se hizo pedazos, lo único importante para él era encontrar la manera de arreglar las cosas con Sybella.

Se le ocurrió lo del apartamento en un arrebato. No era de extrañar que ella hubiera perdido la paciencia con él. ¿Cómo era posible que quisiera que ella encajara en su vida si él no estaba dispuesto a hacer los ajustes necesarios para encajar en la de ella?

En aquel momento, mientras estaba frente a la mina Voroncor, Nik comprendió una cosa. Para conseguir que Sybella lo perdonara, primero tenía él que perdonar a otra persona. Tenía que realizar una llamada y tomar un vuelo a Helsinki aquella misma noche.

–¿Qué te ocurre, cielo? ¿Se ha tenido que ir de nuevo por negocios? –le preguntó Catherine mientras Sybella sacaba sus botas de agua y las de Fleur del armario.

Había pasado una semana desde que Nik se marchó, una semana que se había pasado fingiendo para no contarle la verdad a su suegra.

–No lo sé...

Llevaban todo el día celebrando el primero de mayo y Sybella había llevado a Fleur a casa para que se echara una siesta. Con los fuegos artificiales, el día resultaba muy largo para la pequeña.

Fleur apareció en lo alto de las escaleras.

–¿Lista, cielo?

–¿Vais a ir a dar un paseo? ¿Y si te llama Nik? No te olvides del teléfono...

–No va a llamar, Catherine. Vete a casa y deja de interferir en mi vida amorosa...

–Quiero que la abuela venga con nosotras –dijo la niña.

Sybella cedió, pero Catherine debió de ver algo en el rostro de su nuera porque, en vez de discutir, ayudó a Fleur a ponerse las botas y le dijo que la vería por la noche en los fuegos artificiales.

Sybella empezó a sentirse mal por su comportamiento incluso antes de salir de la casa. Catherine era lo más cercano que tenía a una madre. Todo lo que hacía por ella venía motivado por su deseo de hacerla feliz.

Mientras paseaban por el campo, Sybella llegó a la conclusión de que aquel no era un mal lugar en el que vivir, aunque fuera siendo muy triste. Tendría que encontrar la manera de ser feliz, dado que Nik no iba a regresar...

En ese momento, se dio cuenta de que alguien se acercaba a ellas a través del campo. Era Meg. Iba cojeando dado que llevaba zapatos de tacón y también llevaba algo bajo el brazo.

–¿Por qué has venido con un ordenador?

Meg estaba jadeando cuando le entregó el ordenador a Sybella.

–Ya... me... darás... las... gracias... –dijo a duras penas mientras le indicaba que abriera el ordenador–. Tengo... algo... que... mostrarte...

Sybella tomó el ordenador y se sentó sobre la hierba. Meg se quitó los zapatos.

–Están el en Escritorio.

Sybella pinchó el archivo y sobre la pantalla aparecieron dos caras. Nik y Marla.

–¿Por qué me muestras esto?

–Se tomaron anoche en la presentación de la línea de moda de Marla.

–¿Se presentó?

–¿Y por qué no iba a hacerlo?

Sybella se dio cuenta de que entre Marla y Nik había un niño de unos ocho o nueve años. Debía de ser el hijo de ella. La grabación seguía con una voz en italiano que iba narrando lo que ocurría. Sobre la pasarela, aparecieron las modelos, pero no eran las modelos delgadas de siempre, sino que tenían curvas. El desfile era espectacular

Marla Méndez comenzó a hablar para la cámara.

–Quería que las chicas dieran forma a mis diseños más sensuales. Recuerdo el día en el que se me ocurrió. Conocí a la prometida de Nik Voronov, Sybella Parminter y, al verla, supe la forma que quería para mi línea. Es una mujer preciosa. Tiene las curvas donde hay que tenerlas. Es la definición de feminidad.

¿Prometida? Sybella sintió que Meg le daba un codazo.

A continuación, las preguntas de la entrevista se trasladaron a Nik.

–No, no tengo interés alguno en vivir en Milán. Voy a residir en el Reino Unido para estar con la mujer que amo. Si ella me acepta, claro está.

Sybella no podía apartar los ojos de la pantalla y no se dio cuenta de que el teléfono de Meg había empezado a sonar.

–Es mi madre. Quiere hablar contigo.

Meg comenzó a gritar.

–¡Ha llamado! ¡Mi madre dice que Nik ha llamado a tu teléfono y que tienes que devolverle la llamada! Dice que no es el momento de ponerse tímida...

–No voy a llamarlo...

Sybella cerró el ordenador y miró al cielo. Allí estaba. El sonido de un helicóptero.

–Porque ya está aquí.

Nik vio la torre de la iglesia y luego el pueblo. Entonces, se dirigió hacia el bosque donde Sybella y él habían paseado por primera vez juntos, donde él cayó por completo bajo su hechizo. En ese momento la vio, tal y como Catherine le había dicho cuando él llamó al teléfono de Sybella. Le dio al piloto las necesarias indicaciones y, mientras el helicóptero comenzó a aterrizar, vio que la mujer que estaba al lado de Sybella comenzaba a saltar y a agitar los brazos.

Cuando el helicóptero aterrizó por fin y él se quitó el cinturón de seguridad, vio que Sybella se dirigía hacia él.

–No lo has hecho –le dijo.

Ella llevaba puesto un bonito vestido de flores. Llevaba el cabello trenzado, también con flores, probablemente para celebrar el primero de mayo. Parecía la diosa pagana de la primavera con botas de goma.

–No...

–¿Por qué no?

–No hacía más que pensar en todo lo que me habías dicho y comprendí que tenías razón. Lo había comprendido hacía mucho tiempo, pero no hacía más que justificarme porque estaba furioso.

–Ella hizo algo terrible, Nik.

–Sí, pero es pasado. Francamente, Sybella, creo que dejé de gastar mi energía en ella cuando le compré el archivo. Por cierto, lo hice por mi padre.

–Entonces, ¿con quién estabas enfadado?

–Con *Deda*, por acogerme cuando no tenía por qué hacerlo y con Sasha por odiarme por ello. Pero era yo. Ninguno de los dos se sentía así. Entonces, supe que había decidido enfadarme contigo.

–¿Conmigo?

–Creí que no me amabas. ¿Recuerdas lo que dijiste sobre estar enfadada con Simon por el accidente, a pesar de que no era culpa suya?

–Sí, claro.

—Sé que lo amabas porque tú eres así. Lo que descubrí desde que me marché de tu casa es por qué estabas enfadada conmigo.

—Porque te amo, tonto...

Nik sonrió, En aquel momento, Sybella supo que todo iba a salir bien,

—¿Dónde has estado?

—Fui a Helsinki para conocer a mi padre biológico. Es geólogo. Me dio la mano, Sybella, y no le pidió nada al millonario de su hijo. Esa es la clase de hombre que es.

—En ese caso, se ve que es tu padre. Si la situación fuera al revés, ¿no harías tú lo mismo? Debe de estar muy orgulloso de ti y de todo lo que has conseguido.

—No lo sé. Se interesó por ti. ¿Te importa que le hablara de ti?

—Depende de lo que le dijeras.

—Le pedí consejo. Le dije que estaba enamorado de una hermosa e inteligente mujer y que ella tenía una hija y que estaba rodeada de muchas personas que la amaban...

—¿Estás enamorado de mí?

Nik tragó saliva.

—Me dijo que hace treinta y cinco años él estaba enamorado de mi madre, pero que vio que amaba más al que luego fue mi padre y la dejó por ello. Eso me hizo pensar, pensé en las variables de nuestras vidas. ¿Y si Simon no hubiera muerto? ¿Y si mi abuelo no se hubiera encaprichado del Hall? Comprendí que el único elemento que yo era capaz de controlar era yo mismo. Tenía opciones. Si decidía castigar a Galina, te perdería porque no puedes amar a un hombre que fuera capaz de hacer algo así. Por ser la mujer que eres. Y por eso precisamente te amo. Ese es el hombre que quiero ser para ti.

Sybella no estaba segura de cómo había ocurrido, pero estaba entre sus brazos.

–Nik, me he sentido tan sola sin ti... –confesó entre lágrimas–. No me importa dónde vivamos. Mientras esté contigo, no importa.

–*Net*, claro que importa, Quiero que Fleur y tú estéis conmigo y haré todo lo posible para conseguirlo. Sybella Frances Parminter, ¿quieres casarte conmigo? –añadió él después de arrodillarse delante de ella.

Sybella lo miró con una resplandeciente sonrisa en los labios.

–Por supuesto que sí.

Entonces, cayó de rodillas delante de él y lo abrazó con fuerza para besarlo.

–Ese ha sido mi sí. Por si no ha quedado claro.

A continuación, volvió a besarlo. Nik la rodeó con sus brazos y respiró tranquilo por primera vez desde que se marchó de Edbury. La tenía. Por fin estaba en casa.

Los cuatro subieron la colina para disfrutar del carnaval del pueblo. Fleur iba sobre los hombros de Nik, Sybella de su mano y Meg caminaba algo detrás de ellos por sus zapatos de tacón.

Más tarde, cuando le contaron a la familia lo que había ocurrido, todos brindaron con champán.

Ya sobre las cuatro, cuando estaba a punto de celebrarse la rifa, Nik tomó prestado el megáfono y se dirigió hacia todos los presentes.

–Para los que no me conocen, soy Nikolai Aleksandrovich Voronov, el dueño del Hall. Quiero anunciar que Edbury Hall se volverá a abrir al público, no solo el ala oeste, sino toda la finca

Sybella sonrió alegremente a su hija.

–Además, yo voy a residir en Edbury a partir de ahora. Sybella y yo vamos a casarnos.

A finales de verano, las campanas de la iglesia de Santa María repicaron mientras la feliz pareja salía al exterior. Sybella y Nik salieron los primeros, seguidos de Fleur y de su amiga Xanthe, que iban lanzando pétalos de rosa. Familiares y amigos, entre los que se encontraba Marla Méndez, se reunieron para festejar la unión de la feliz pareja.

Doce meses después, Leonid Nikolaievich Voronov venía al mundo. Durante el bautizo, el anciano Voronov brindó por su bisnieto y anunció que iba a dejar de vivir en el Hall para hacerlo con su nieto y la esposa en la casa que ambos tenían. Era una casa lo suficientemente grande para todos y así nadie estaría solo.

Después, Sybella estaba en la terraza con su hijo en brazos mientras observaba cómo Fleur jugaba con sus amigas y el perro pastor que Nik había insistido en comprarle.

–¿En qué estás pensando, *moya liuba*?

–En lo afortunados que somos. En lo afortunada que soy.

–Ha sido el destino... Aunque una cosa sigue preocupándome. ¿Y si el que hubiera venido aquí a ver a mi abuelo hubiera sido Sasha?

–No te puedo decir que no lo haya pensado yo...

–¿Y a qué conclusión has llegado?

–Sasha es tan amable que jamás me hubiera tirado en la nieve, ni me hubiera sacudido como si fuera un sonajero ni me hubiera mandado a paseo.

–¿Hice yo todas esas cosas? Qué vergüenza. No se lo digas a nuestro hijo.

–Claro que se lo diré –comentó ella riendo–, cuando

tenga la edad suficiente para ir a buscarse una chica para que sepa lo que tiene que hacer.

—Es un Voronov. No necesita consejos para encontrar a la mujer adecuada. Lo llevamos en la sangre. Lo sabrá cuando llegue el momento.

—¿Cuándo lo supiste tú?

—Creo que cuando te aparté la bufanda y te miré a los ojos, pero seguro del todo cuando te besé...

—¿Así? —susurró ella mientras le rozaba delicadamente los labios, con cuidado de no molestar al bebé, que estaba mamando plácidamente.

—Exactamente así, *moya lyubov*.

Sybella lo miró a los ojos y sonrió.

—¿Te he dicho yo alguna vez que la primera vez que te vi me pareciste un dios nórdico?

Acepte 2 de nuestras mejores novelas de amor GRATIS

¡Y reciba un regalo sorpresa!

Oferta especial de tiempo limitado

Rellene el cupón y envíelo a
Harlequin Reader Service®
3010 Walden Ave.
P.O. Box 1867
Buffalo, N.Y. 14240-1867

¡Sí! Por favor, envíenme 2 novelas de amor de Harlequin (1 Bianca® y 1 Deseo®) gratis, más el regalo sorpresa. Luego remítanme 4 novelas nuevas todos los meses, las cuales recibiré mucho antes de que aparezcan en librerías, y factúrenme al bajo precio de $3,24 cada una, más $0,25 por envío e impuesto de ventas, si corresponde*. Este es el precio total, y es un ahorro de casi el 20% sobre el precio de portada. !Una oferta excelente! Entiendo que el hecho de aceptar estos libros y el regalo no me obliga en forma alguna a la compra de libros adicionales. Y también que puedo devolver cualquier envío y cancelar en cualquier momento. Aún si decido no comprar ningún otro libro de Harlequin, los 2 libros gratis y el regalo sorpresa son míos para siempre.

416 LBN DU7N

Nombre y apellido	(Por favor, letra de molde)
Dirección	Apartamento No.
Ciudad	Estado	Zona postal

Esta oferta se limita a un pedido por hogar y no está disponible para los subscriptores actuales de Deseo® y Bianca®.
*Los términos y precios quedan sujetos a cambios sin aviso previo.
Impuestos de ventas aplican en N.Y.

SPN-03 ©2003 Harlequin Enterprises Limited

Deseo

Una identidad secreta y un bebé secreto

CORAZÓN TATUADO
ANDREA LAURENCE

Tras una noche loca con uno de los invitados a una fiesta de carnaval donde todos llevaban máscaras, Emma Dempsey no esperaba volver a ver a su misterioso amante. Solo le quedaba como recuerdo un tatuaje... y un embarazo.

Jonah Flynn sentía una extraña atracción hacia la bella auditora. Su tatuaje lo explicaba. Aunque ambos querían comportarse de forma profesional, el deseo les estaba jugando una mala pasada. Con todos los secretos sobre la mesa, ¿iba a tener que elegir entre su empresa, su amante y su bebé?

¡YA EN TU PUNTO DE VENTA!

Bianca

**Era sumamente excitante ser
deseado por una mujer**

UNA OFERTA
ESCANDALOSA

MIRANDA LEE

El magnate australiano Byron Maddox era un conquistado
acostumbrado a conseguir siempre lo que quería. Y, sin saber
exactamente por qué, lo que quería en ese momento era seducir
a la secretaria Cleo Shelton.

Cleo estaba segura de que se trataba solo de un capricho. Por
fin liberada de un matrimonio fallido, disfrutaba de su indepen-
dencia y no tenía intención de volver a atarse a un hombre. Y
menos un hombre como Byron.

Pero Byron no se daba por vencido tan fácilmente y estaba decidido a que Cleo sucumbiera a su experta seducción.